Im Jenseits gibt es keine Pralinen

Ein fantastischer Künstler-Roman

Maria Zaffarana

Maria Zaffarana, Jahrgang 1973, war zehn Jahre lang als Promi-Reporterin bei zwei Illustrierten tätig und promovierte nebenher in Literaturwissenschaften. Sie machte sich 2009 als Freie Journalistin und Lektorin selbstständig. 2013 veröffentlichte sie ihren ersten Roman »Die Wahrheit ist ein Schlund«, der inzwischen in 3. Auflage erschienen ist. Seit 2014 ist sie Chefredakteurin des Genießer-Magazins CarpeGusta. Sie lebt mit ihrem Mann und ihren beiden Töchtern in Köln.

2. Auflage, Juni 2018

© 2018 CarpeGusta, Wesseling
Illustration: Lilli Zaffarana

ISBN 978-3-947343-01-0

Dieses Buch ist auch als E-Book erhältlich.

1.
Vom Trübsinn eines abgestürzten Hirns

In anmutigem Schweigen versunken! Unverortet, so sitzt er da in der nur mehr karg ausgestatteten Bühne einer gegenstandslosen Landschaft: Heinrich Böll! Über dem Knie hat er ein Buch aufgeschlagen, auf das er mit verwegener Intensität hinabblickt. Fühlt es sich so an, wenn das Gehirn plötzlich anfängt zu stolpern? Ich fürchte ja!

Wie versteinert bleibe ich jedenfalls hängen an diesem irrwitzigen Bild, dessen kraftvolle Schönheit mich ebenso elektrisiert, wie sie mich in träumerische Halbbenommenheit versetzt. Böll, zum Greifen nah! Das Gehirn muss mehr als nur gestolpert sein. Es ist gewaltig ins Taumeln, Purzeln, Wanken geraten – das trifft es annähernd, wenngleich auch diese semantischen Gewitztheiten viel zu schwach sind, um zu umschreiben, was in meinem verwirrten Schädel gerade vor sich geht. In meinem Kopf wummert ein überhitzter Schlagbohrer. Ja, genauso fühlt es sich an. Rattern, bis das Hirn gnadenlos abstürzt wie ein alter Computer kurz vor dem Ausrangiert-werden. Wummern, rattern – noch vor wenigen Tagen, was sage ich, vor wenigen Stunden hätten mir diese stilistischen Entgleisungen sicherlich große sprachliche Skrupel bereitet. Aber jetzt?

Dennoch: Der desolate Zustand geistiger Entrückung, in dem ich mich befinde, mindert nichts an dem Zauber dieses außergewöhnlichen Augenblicks. Es ist ein lebendiger Moment, der verklärte Magie atmet und von wortloser Eintracht zeugt. Allein Bölls Gegenwart, wie er in ereignisarmer, raumloser Umgebung nichts weiter macht als zu sitzen, fühlt sich an wie eine überschäumende Liebkosung der Sinne. Hatte ich etwa etwas anderes erwartet? Von einem wie Böll? Törichter und beschämender könnte kein Gedanke sein!

Böll! Er strahlt noch immer diese beneidenswerte Eleganz eines klassisch-trockenen Weißweins aus. So wie ich weiterhin mit der Aura und der heruntergekommenen Beliebigkeit eines abgeschmackten, billigen Likörs Vorlieb nehmen muss. Manche Dinge ändern sich eben nie, positive wie negative. Zugegeben, es ist kein besonders ausdrucksstarker Vergleich, der mit dem Wein und dem Likör. Von profaner Einfallslosigkeit könnte er – unter normalen Umständen – zeugen. Zweifelsohne. Aber warum bitteschön sollte ich mich in dieser mir befremdlichen Situation um substanzhaltigere Sinnbilder bemühen? Wörter haben längst an Gewicht verloren. Sie sind leicht und belanglos wie zuckersüßes Baiser. Trotzdem, das gestehe ich ein, mutet es mir seltsam an, dass ich mir überhaupt darüber Gedanken mache. Es wird daran liegen, dass ich immer alles, insbesondere das, was schwer in Worte zu kleiden ist, wenigstens metaphorisch auf den Punkt bringen muss. Das ist sozusagen eine Zwangsneurose. Und bei Weitem nicht die einzige. Das gestehe ich mir ebenfalls ein, obwohl ich stets ein Verfechter des Nichtbekennens gewesen bin. Denn wer etwas zugibt – ganz gleichgültig was – kann sich gleich ganz aufgeben!

Sei's drum. Böll, wie er nur wenige Meter vor mir dasitzt und liest: Mehr geht nicht! Ginge nicht, meine ich. Denn der Genuss wird trotz aller verblendeter Euphorie gleichzeitig getrübt vom Zweifel der Unsicherheit. Mehr noch: des Misstrauens. Ja, ich traue meinem eigenen Verstand nicht mehr. Dabei war meine Vernunft bislang das einzige, worauf Verlass war; wenigstens darauf, wenn schon auf nichts anderes. Wobei mir analytisches Denken in der Vergangenheit immer wieder abgesprochen worden ist. Und zwar von niemand Geringerem als von meiner Ex-Frau! Ja! Ausgerechnet Adele. Im Vergleich zu ihr besitzt selbst eine leere Konservenbüchse Erbsensuppe mehr Intellekt. Und das ist noch viel zu schmeichelhaft ausgedrückt. Aber lassen wir das!

Erstmals ertappe ich mich dabei, wie ich Adele Recht gebe. Wie schnell das Blatt sich wendet! Der Wahnsinn! Er scheint sich tatsächlich Bahn gebrochen zu haben. Davon jedenfalls muss ich jetzt ernsthaft ausgehen. Wie ließe sich andernfalls die Böll'sche Erscheinung erklären? Oder träume ich vielleicht nur einen Traum, von dem nach dem Aufwachen nichts weiter übrig bleibt als eine zart duftende, liebliche Erinnerung? Vermutlich sind es aber doch meine widerstreitenden Gefühle, bedingt durch die mehr oder weniger verstörende Situation, die mich derart aufgewühlt hat, dass ich nunmehr halluziniere. Zunehmend verdichten sich diese und andere absurde Erklärungsversuche in meinem aufgewühlten Geiste. So weit ist es gekommen!

Aber kann man es mir verübeln? Das Bild Heinrich Bölls ist von solch einer realen Irrealität, dass ich einfach nicht mit dem mir üblichen analytischen Klarblick erkennen kann, ob es sich um ein Blendwerk oder eine Tatsache handelt. Nichtsdestoweniger ist es ein in einer gewaltigen Wucht überwältigender Anblick: Heinrich Böll. Hier!

Mehr wäre zu viel.

Ihn zu sehen, ob real oder auch nicht, das wirkt auf mich wie ein Aphrodisiakum. Nicht sexuell stimulierend. Gott bewahre, das nicht. Ausschließlich geistiger Natur sind die Gefühle, die den Augenblick bestimmen. Dieses Bild entfesselt ein aufpeitschendes Karussell der Sinne. Keinen einzigen Gedanke kann ich nunmehr logisch mit dem nächsten verknüpfen. Ich bin überwältigt, geschockt, entzückt, beglückt und verzaubert zugleich. Geht das überhaupt? Ja, das geht. Und wie das geht!

Wie anmutig Böll ist, sage ich zu mir, während meine Augen ihn weiterhin mit andächtiger Scheu taxieren. Sie bleiben an ihm haften in träumerischer Betäubtheit und ehrfürchtiger Anbetung.

Böll! Welch Besonnenheit von ihm ausgeht. Er ist in solch einer liebreizenden Lautlosigkeit eingetaucht, dass es mir das Herz zuschnürt. Wie er von einer gedämpft friedlichen Geräuschlosigkeit umhüllt wird, die so still ist wie der sanfte Schatten einer lauwarmen Sommernacht. Das berührt mich auf seltsam anregende Weise. Es versetzt mich geradezu in schwärmerische Halbbenommenheit, ihn so zu beobachten: wie er sich auf einer Bank sitzend in einem Buch verliert. Wie viel unberührbare Anmut kann ein Mann verkraften? Ich befürchte nicht sehr viel! Ich jedenfalls habe den Grad des Erträglichen längst überschritten.

Dennoch wage ich nicht den Rückzug. Oder besser gesagt, ich kann ihn nicht antreten. Also bleibe ich widerwillig und fasziniert zugleich. Wie lange ich dastehe und ihn betrachte, weiß ich nicht. Ich habe jegliches Gefühl für Zeit verloren. Die Sekunden, Minuten und Stunden haben sich verflüchtigt. Sie haben sich aufgelöst. Zeit ist eine Dimension, die der weltlichen Existenz ihre Begrenzung gibt. Nun ist auch sie gegenstandslos geworden.

Nach einer Weile, ich denke, dass es eine Weile ist, erwache ich allmählich aus meinem betäubten Wachzustand, in den mich die Begegnung mit Böll katapultiert hat.

»Heinrich Böll! Er ist es tatsächlich«, flüstere ich heiser. Meine Stimme! Sie klingt blechern wie eine leere Dose. Nicht, dass sie je graziöser erschallt wäre.

Böll! Ich kann es immer noch nicht glauben. Wir beide hier! Das kann kein Zufall sein. Gerade er! Das ist Fügung! So muss es sein. Wobei ich an den Mist eigentlich nie geglaubt habe. Schicksal oder Zufall? Das war mir bislang ebenso scheißegal wie die Frage, ob man bayerische Weißwürstel mit normalem oder süßem Senf isst. Aber nun, was soll ich sagen? Ja, es kann nur himmlische Fügung sein. Wie doppeldeutig!

Taumelnd halte ich mich an dem borstigen Stamm eines Baumes fest. Und dabei fällt mir erst jetzt auf, dass ich mich die ganze Zeit zwischen zwei Bäumen versteckt gehalten habe. Genauer gesagt hinter zwei ausladenden Linden, die aussehen wie leichtfüßige Gestalten in wehenden Gewändern.

»Heinrich Böll!« Immerzu hauche ich seinen Namen leise in den Wind hinein. Bin ich albern?

Wie ein eingeschüchterter Jüngling komme ich mir jedenfalls vor, der gerade dabei ist, sich in einer großen Woge von verlegener Verliebtheit zu verlieren – und dabei noch nicht einmal den Hauch eines Schamgefühls empfindet. Wie schnell Hemmungen doch fallen können! Wobei Scham nicht gerade zu meinem aktiven Wortschatz gezählt hat. Habe ich mich jemals geschämt? Nein! Doch eigentlich schon, wenn ich recht überlege. Einmal! Das war, als meine Mutter mich mal als Kind beim Wichsen erwischte. Aber das ist eine halbe, wenn nicht eine ganze Ewigkeit her.

»Mein Böll!«

Was macht er eigentlich hier?, frage ich mich aufgeregt.

Müsste er nicht ganz woanders sein?

In ...

Bei ...

Wo eigentlich genau?

Das weiß ich selbst nicht. Jedenfalls nicht hier. An diesem Ort, an dem sich einer wie ich befindet. Das erscheint mir deplatziert für einen wie Böll. Heinrich Böll und ich – zusammengewürfelt, einfach so in ein und denselben Topf geworfen! Wie frevelhaft. Das ist schamhaft. Ja, es beschämt mich. Und auf gewisse Weise verärgert es mich, dass man da keine Unterschiede macht. Also mir würde es an seiner Stelle nicht gefallen, wenn ich wüsste, dass ich mit mir – gesetzt den Fall, mir wäre klar, wer ich bin – nun hier festsitzen würde. Eine Riesensauerei ist das! Oh, ja. Gibt es da nicht verschiedene Abteilungen? Es kann doch nicht sein, dass kein Unterschied gemacht wird zwischen ihm und mir. Ganz davon mal abgesehen, dass Böll einen

Erfahrungsvorsprung von mindestens dreißig Jahren hat. 1983 ist er, glaube ich, gestorben. Nein, jetzt fällt es mir wieder ein. Es war im Juni 1985.

Ein beschissener Sommer! Die Nachricht seines Todes traf mich damals wie eine zentnerschwere Keule mitten auf den Kopf. Das weiß ich deswegen noch so genau, weil ich unmittelbar danach Adeles Auto gegen die Wand gefahren habe und wir uns deswegen beinahe gegenseitig umgebracht hätten. Fuchsteufelswild war sie damals und unterstellte mir sogar grobe Fahrlässigkeit. Was ich jedoch vehement abstritt. Nicht, weil sie unrecht hatte, sondern weil ich nicht willens war, dieser Frau in irgendeiner Weise Recht zu geben. Aber es stimmte tatsächlich, was sie sagte. Ich fuhr ihren Wagen absichtlich zu Schrott. Aus purem Frust. Nicht nur wegen Bölls Tod, sondern auch, weil sie schwanger geworden war. Ungewollt und zu allem Überfluss auch noch von mir. Zu diesem Schicksal schien ich prädestiniert. Adele wollte das Baby unbedingt. Unser Baby! Da gab es für sie keinerlei Alternative. Ich hingegen konnte mich entscheiden zwischen Adele mit dem Kind oder ohne Kind keine Adele. Für mich wäre das sicherlich keine schwere Wahl gewesen, wenn mich ihr Vater seinerseits in einem Vier-Augen-Gespräch nicht vor eine weitere Wahl gestellt hätte:

»Entweder Du heiratest meine Tochter mit Sack und Pack oder Du bist für alle Zeiten erledigt! Haben wir uns verstanden?! Ansonsten gibt es keine andere Alternative. So abgeklärt sehe ich das, mein Freundchen.«

Ansichten eines Clowns.

Ich verstand jedenfalls auf Anhieb!

Im Nachhinein wundere ich mich darüber, dass ich damals so widerstandslos kapituliert habe. Eine vollkommen atypische Reaktion, die ich auf meinen Schockzustand zurückführe, in den mich Bölls Tod versetzt hatte. Ich befand mich in tiefer Trauer, fühlte mich angeschlagen wie ein angefahrenes Reh. Geistig wie körperlich vollkommen entkräftet, sozusagen nicht zurechnungsfähig. Die Unterschrift, die ich unter die Heiratsurkunde setzte, war streng genommen also überhaupt nicht gültig. Ärgerlich, dass mir das erst jetzt eingefallen ist.

Jedenfalls wurde mir der Stein des Anstoßes nach der Hochzeit zum Seelentröster: Wären Bölls wundersame Schriften nicht gewesen, ich hätte diese Zeit sicherlich nicht unbeschadet überstanden. Hatte ich sie zuvor mit größter Hochachtung gelesen, behandelte ich seine Bücher nun wie kleine Heiligtümer. Jedes einzelne Werk entdeckte ich für mich neu. Überall fand ich dabei aufmunternde Worte, die er eigens für mich geschrieben zu haben schien, oder Situationen, die meiner so bedrückend ähnlich waren.

Unmittelbar nach unseren unglückseligen Flitterwochen, die die schwangere Adele fast ausschließlich über der Kloschüssel verbrachte, war mir *Katharina Blum* der größte Trost. Es tat gut zu wissen, dass auch andere Blindgänger in eine als Liebe getarnte Falle getappt waren und diesen Fehltritt mit ihrer Ehre hatten büßen müssen. Obwohl es selbst Katharina im Grunde genommen besser ergangen war als mir: Sie hatte wenigstens die Möglichkeit, ihrer Wut und Verzweiflung dadurch Luft zu machen, dass sie jemanden abknallen durfte. Mir aber blieb noch nicht einmal das. Denn Mord, das war eine Sache, vor der selbst einer wie ich zurückschreckte. In der Realität zumindest. Im Geiste, da hatte ich schon ganze Armeen zu Fall gebracht.

Wie gerne würde ich nun zu Böll hingehen? Mit ihm zu sprechen oder wenigstens kurz Hallo zu sagen, das sprengt meine Vorstellungskraft. Es wäre wie ein Geschenk, nein, was sage ich, eine Ehre, auf die ich noch nicht einmal in meinen kühnsten Träumen zu hoffen gewagt hätte, dass sie mir jemals zuteil würde.

»Hallo Heinrich, wie geht es Dir?« Oder: »Guten Tag, sehr geehrter Herr Böll, darf ich mich, falls ich Sie nicht allzu sehr störe, zu Ihnen auf die Bank setzen?«

Lange bastele ich unbeholfen an diesen beiden Sätzen. Ich bin unglaublich nervös. Nach längerem Überlegen erscheinen mir beide Sätze jedoch albern. Der eine ist zu salopp, der andere klingt zu devot. Angestrengt suche ich nach einer dritten Variante. Es sollte eine Mischung zwischen den beiden sein, höflich zwar, aber ungezwungener und lässig. Das Jonglieren mit Worten, sonst ein Spiel, das ich gut beherrsche, schlägt dieses Mal fehl. Ich bin ein Gaukler, dessen Kunst wohl unter dem Glanz des großen Schriftstellers verblasst.

»Jetzt oder nie«, sage ich zu mir mit kehliger Stimme. »Geh zu ihm hin, du Volltrottel. Los!«

Mit oder ohne Worte, daran darf eine Begegnung mit Heinrich Böll nicht scheitern. Diese Gelegenheit bietet sich mir schließlich und höchst wahrscheinlich nie wieder. Wer weiß, vielleicht werde ich oder er doch noch in eine andere Abteilung versetzt.

»Los! Mach schon! Geh endlich!«, befehle ich mir.

Doch ein ungewohntes Gefühl hält mich davon ab, auch nur einen einzigen Schritt in seine Richtung zu machen.

Mein Böll! So nah, und doch so fern. Zwischen mir und Böll liegt ein unüberwindlicher Graben aus Unsicherheit, Verlegenheit und – auch Angst.

Angst!

Wo ist er hin, mein unverzagter Schneid? Und die kühne Unerschrockenheit, an der dünkelhafte Gefühle wie etwa Selbstzweifel oder Furcht abperlten wie Wasser an einer teflonbeschichteten Pfanne? Wie jämmerlich ich mir auf einmal vorkomme.

Albert Friedberg, ein erbärmlicher Schisser!

Ja, das bin ich.

Bingo!

Ich erröte vor Scham, was mich wiederum umso mehr beschämt, weil auch dieses Empfinden unangenehm neu für mich ist.

Nein! Ausgeschlossen!

Ich kann Böll unmöglich in diesem Zustand ansprechen, beschließe ich kleinmütig. Es geht nicht. Versagt auf ganzer Linie. Ich fühle mich wie ein geprügelter Hund und so trete ich mit eingeklemmtem Schwanz den Rückzug an. Wobei letzteres selbstverständlich nur metaphorisch gemeint ist.

Ein einziges Mal drehe ich mich nach ihm um, um ihn ein letztes Mal verstohlen anzuschauen. Wie liebreizend Heinrich Böll immer noch dasitzt. Es schmerzt, dieser Anblick. Es ist zwar kein Beinbruch, das nicht, aber es tut ähnlich weh. Dieser Mann hat Stil, selbst wenn er nichts Weiteres macht als lesen, denke ich. Eleganz und Würde strahlt er aus. Würde, die ich im Übrigen nie besaß. Es erfasst mich ein Gefühl von Demut. In welch aparter Noblesse mein Böll doch glänzt, während er immer noch tief versunken ist in einem Buch. Was er wohl gerade liest?, frage ich mich. Vielleicht eines seiner Werke? Oder gar eines meiner? Welch toll-dreister Gedanke.

Ich schleiche mich fort, auf leisen Sohlen. Und dabei fällt mir erstmals auf, dass ich keine Schuhe trage.

2.
Stillos wie eine schlaffe Mettwurst

Um etwa halb acht hat mein Herz einfach so aufgehört zu schlagen.

Ungefähr viereinhalb Stunden ist das jetzt her.

Seitdem liege ich alter Sack reglos auf dem eiskalten Boden meiner Küche. Quecksilbrig schmeckt die Banalität dieses gewöhnlichen Todes. Stumpfsinn, wo ist dein stechender Dorn? Es fühlt sich an, als hätte mich eine mächtige Woge der Verlorenheit verschlungen, um mich niederzudrücken auf den finsteren Grund eines eisig kalten Meeres. Wenn das kein Grund zum Durchdrehen ist oder gar den Verstand zu verlieren! Die Frage ist allerdings, ob das in meiner Situation überhaupt noch möglich ist. Aber wie dem auch sei: Mitzuerleben, wie der eigene Körper ganz allmählich von einer beklemmend, bleiernen Lähmung übermannt wird, das übersteigt unbestreitbar alles bisher Vorstellbare und auch das Maß der emotionalen Erträglichkeit. Verstand hin oder her.

Ist das eine der vielen grotesken Gesetzmäßigkeiten des Todes?, frage ich mich. Dass man selbst in diesem Zustand noch denken und fühlen kann wie ein Lebender? Ich spüre es jedenfalls überdeutlich, wie die Leichenstarre mit langsamer Stetigkeit körperabwärts wandert. Meine Augenlider, die Kaumuskulatur, die Gelenke – alles scheint auf einmal wie festgefroren. Na, wenn das nicht wunderbar ist! In sechs, maximal zwölf Stunden bin ich steifer als der steifste Bleistift. Ein handelsüblicher, gewöhnlicher Bleistift mit glanzloser Grafitmine. Lieber wäre ich ein graziler Füllfederhalter mit geschmeidigem Tintenfluss. Ich befürchte jedoch, dass ich es mir nicht aussuchen kann. Aber wann hab' ich mir jemals die Rosinen aus dem Kuchen herauspicken können?

Mich widerstandslos der Erstarrung hinzugeben, das ist ein unaufhaltsamer Prozess, dem sich mein Leib bedauerlicherweise beugen muss. Mein herrenloser Körper, der meiner Regie längst entglitten ist, so wie sich alles drumherum nunmehr meiner Kontrolle entzogen hat. Die Zeit, der Ort, der Raum, das Ganze hat mit einem Schlag seine Rechte, seine Bedeutung eingebüßt. Geblieben ist allein das ordinäre Nichts. Es atmet nach verwesender Gegenwart. Na ja, vielleicht klingt das jetzt alles ein wenig überzogen hochtönend. Aber eine gewisse Neigung zur Theatralik, die ist mir nun mal in die Wiege gelegt worden. Andere hingegen, wie meine Ex-Frau etwa, wollten mir immerzu einen unnatürlichen Hang zur Selbstdarstellung unterstellen. Ob gekünstelte Inszenierung oder Naturtalent, wen interessiert das jetzt noch? Ich finde, dass ich unter diesen Umständen beides mit gutem Gewissen ausreizen darf. Ja, dieses Recht nehme ich mir heraus! Wer stirbt, der darf auch mal auf emotional überschwängliche Weise über die Stränge schlagen. So!

Schließlich hat mich mein Tod nicht nur in einen Schockzustand versetzt. Das zu behaupten, wäre maßlos untertrieben. Der eigene Tod, der geht deutlich über ein gewöhnliches Schockiertsein hinaus. Das Totsein besitzt etwas dermaßen Absurdes, dass ich gleich mehrere Adjektive bemühen muss, um meine momentane Lage auf den Punkt zu bringen: Ich bin konsterniert! Fassungslos! Bestürzt! Betreten! Entgeistert! Von bezwingender Unruhe und würgender Bange gegeißelt. Das alles zusammengenommen trifft es – aber nur annähernd. Denn einen genaueren Begriff, den gibt mein Wortschatz einfach nicht her. Ich bin mir sogar sicher, dass es keinen dafür gibt. Schließlich ist Sprache begrenzt auf Wörter, die ausschließlich von Lebenden geprägt worden sind. Wie soll es da eine Gefühlsumschreibung geben, die die Befindlichkeit eines Toten wiedergibt?

Eine pralle Seifenblase, die gerade durch einen unangenehm spitzen Nagel unerwartet zum Platzen gebracht worden ist. Mit diesem Bild – ich gebe zu, dass auch dieses kein besonders ausdrucksstarkes ist, man möge mir diese Phantasielosigkeit wegen der widrigen Umstände nachsehen – ließe sich mein für mich völlig unerwartetes Ableben in etwa vergleichen. Wobei ich natürlich nicht den Anmut einer schillernden Seifenblase besitze. So wie ich auch sonst nie den winzigsten Ansatz von Grazie oder Liebreiz besessen habe. Das zumindest ist mir in der Vergangenheit oftmals attestiert worden. Aber das sei hier an dieser Stelle nur nebenbei erwähnt. Jedenfalls ist das Überraschungsmoment meines plötzlichen Endes durchaus eine nicht zu leugnende Parallele zwischen meinem und dem unschönen Zerfall einer Seifenblase. Und das war es wirklich, eine üble Überraschung, mit der ich einfach nicht gerechnet habe. Weil ich kerngesund bin. Oder müsste ich jetzt schon in der Vergangenheitsform über mich sprechen und sagen: weil ich kerngesund war?

Wie dem auch sei, sie ist stehengeblieben, die niederträchtige Pumpe, die bislang einwandfrei zu funktionieren schien und mich just in dem Moment im Stich ließ, als ich am allerwenigsten damit gerechnet hatte. Aber das sagte ich ja bereits.

Es ist eben auf nichts Verlass, denke ich. Noch nicht einmal auf die eigenen Organe, die ich im Übrigen regelmäßig habe kontrollieren lassen. Vor einem Monat erst hat mir mein Hausarzt zu meinem guten Gesundheitszustand gratuliert.

»Kräftig und stark wie ein Stier. Nur ein bisschen erhöhte Zuckerwerte. Aber sonst alles in bester Ord-nung. Sie werden bestimmt 100, Herr Frielberger.«

Was für eine Nulpe, dieser alte Zausel. Hat er sich doch glatt um 50 Jahre verschätzt. Aber was habe ich auch anderes erwartet von einem Arzt, der sich nach über zwanzig Jahren, in denen ich bei ihm in Behandlung bin, immer noch nicht hat merken können, dass ich nicht Frielberger, sondern verdammt noch mal Friedberg heiße! Hieß, meine ich.

Immerhin hat das Herz völlig schmerzfrei seinen Geist aufgegeben. Wenigstens das. Wie ein Lichtschalter schaltete es sich sanft aus, während ich gedankenverloren am Frühstückstisch saß und sich meine Hand um ein Glas Rotwein vom Vorabend klammerte. Was zu allem Überfluss auch noch schal und abgestanden schmeckte. Nicht einmal das war mir also vergönnt: mein letzter Schluck, kein Gaumenschmeichler, er hinterließ in meinem Mund stattdessen wieder einmal das Aroma einer herb-bitteren Enttäuschung. Aber das ist ja nichts Neues!

Von der Bühne des Lebens abzutreten, mit mehr Würde habe ich diesen letzten Auftritt dennoch begehen wollen. In meinem Bett beispielsweise friedlich einschlafen. Besser noch: langsam und stoisch vor mich hin sterben, während ein kleiner erlesener Kreis um mich herum sitzt und vielleicht sogar weint. Doch abgesehen davon, dass mir spontan kein einziges Schwein einfällt, noch nicht einmal der gute alte Arnim, das wegen mir auch nur eine einzige Träne – ich meine damit Trauer- und nicht Freudentränen – vergießen würde, sterbe ich nicht nur mutterseelenallein, sondern zu allem Überfluss auch noch so stillos wie eine schlaffe Mettwurst: mit einem heftigen Plumps in sich zusammensackend. Auf den kalten Fliesen aufprallend erinnere ich hingegen an eine dralle Bockwurst. Kaum den Boden berührend, platzt meine Pelle nämlich wie eine reife Frucht auf. Bumms, aus! Das war's.

Daraufhin wird es unvermittelt still, so schaurig still wie in einer endlos langen Nacht im antarktischen Ozean. Und ich mittendrin, verloren zwischen beklemmend engen Bergeinschnitten und gigantisch dunklen Eisfelsen. Umgeben von einer trostlosen Weite, die nur durchsetzt wird von einem gespenstisch anmutenden Wind. Geräuschlos und doch deutlich vernehmbar bläst er durch die finsteren Schächte eines unwiderruflich langen Augenblicks. Es ist ein bezwingender Moment unabänderlicher Erstarrung. Da! Schon wieder! Ich kann sie einfach nicht abschütteln, diese sinnbildlichen Motive, die vor meinem geistigen Auge aufscheinen, sobald der Verstand an sich zu ersticken droht. Wie töricht von mir, die Bilder dann auch noch zwanghaft sprachlich beleben zu müssen. Wehrlos bin ich dagegen. Ein klarer Fall von geistiger Geiselnahme.

Doch was nun? Muss ich mich jetzt auch noch schutzlos externen Bildern ausliefern? Das hat mir gerade noch gefehlt! Ich blinzle, um das Grauen des Anblicks zu lindern. Aber da ist nichts mehr wegzublinzeln. Ungeschminkt bietet sich mir die Fratze einer irrwitzigen Wirklichkeit dar. Ich schaue hinab. Tief. Tiefer. Nein, nicht in die dunkle Weite irgendeines Abgrunds, sondern auf den freudlosen Sarg, der sich mir in Form meines armseligen Körpers darbietet.

Na, herzlichen Glückwunsch!

Ich sehe mich. Liebend gerne hätte ich auf diesen Anblick verzichtet. Wie versteinert schaue ich auf meinen Leichnam! Muss das jetzt wirklich sein?

Ich starre auf mein Blut, das sich langsam den Weg aus meinem aufgeplatzten Kopf bahnt.

Vielen Dank!

Erstarrt betrachte ich den Fluss des dunkelroten Lebenssaftes wie das pittoreske Gemälde einer surrealistischen Landschaft, so schön anzuschauen und gleichzeitig so bizarr befremdlich.

Mir bleibt aber auch gar nichts erspart!

Ich bin das, was da liegt! Ein scheußlicher Anblick. Oder etwa doch nicht? Und warum muss ich mir den ganzen Dreck jetzt auch noch ansehen? Ist das die erste Hürde des Sterbens? Wer jetzt nicht durchdreht, der ... ja was dann? Bin ich das wirklich? Dieses in Blut getränkte Häufchen? Unästhetisch und unansehnlich wie ein Schwein unmittelbar nach Betreten des Schlachthofes! Ich? Fragen über Fragen! Wie viele? Zu viele! Sie bleiben dennoch nicht lange in einsamer Verlorenheit unbeantwortet:

»Ja, du bist es!«

Mit resoluter Bestimmtheit ertönt dieser syntaktisch einfach konstruierte Satz in meinem Kopf.

»Ja, ich bin's!«, wiederhole ich stimmlos.

Ich bin der Tote, den ich gerade betrachte. Schön oder attraktiv, ich gebe zu, das war ich schon zu Lebzeiten nie. Aber jetzt? O Gott, o Gott! Es hätte mich nicht schlimmer treffen können: hohlwangig und aschfahl; schäbig und abgezehrt; grässlich und knochig. In Gottes Namen, ja, ich bin der jämmerliche Tote, dessen Augen fest verschlossen sind, dessen Mund verbissen scheint, dessen Gesichtszüge überaus angestrengt wirken. Dabei hatte ich immer geglaubt, dass sich über dem Antlitz eines Verstorbenen stets der anmutige Schleier einer friedlichen Entspanntheit legt. Falsch gedacht!

Ich erinnere eher an einen verspannten Esel – der Vergleich mit einem Esel erscheint mir wegen seiner Doppeldeutigkeit durchaus angebracht –, den man gezwungen hat, über ein Drahtseil zu balancieren. Dementsprechend gequält sehe ich aus und auf gewisse Weise auch albern. Denn die Vorstellung, dass sich ein halsstarriger Esel zu einem akrobatischen Kunststück aufschwingt, haftet zweifelsohne etwas abgeschmackt Lächerliches an. Von Anmut und Grazie bin ich demnach erneut so weit entfernt wie eine Milchziege von der Weinproduktion.

Doch ganz gleichgültig, welch verwirrenden Eindruck dieses Szenario auf mich gemacht hat, finde ich doch sehr schnell zu meinem alten Pragmatismus zurück. Und das beruhigt mich sogar für einen kurzen Moment. Wenigstens das.

»Was für eine Riesenschweinerei habe ich da in der Küche nur hinterlassen? Alles muss jetzt schnellstmöglich wieder sauber gemacht werden. Das ist ja nicht auszuhalten, dieser Saustall«, schießt mir als erstes durch den Kopf.

Wie sich das Blut langsam mit dem Wasser, all den Krümeln und dem anderen Dreckskram, den die Putzfrau wie immer geflissentlich übersehen hat, auf dem hellen Marmor vermischt, das ist mir ein Gräuel. Ich verabscheue nämlich jegliche Art von Unordnung. Das wäre übrigens eine meiner wenigen guten Eigenschaften. Finde ich zumindest. Meine Ex-Frau hingegen konnte auch dieser Tugend nichts Positives abgewinnen: als exaltierten Hygienefanatiker, so hat Adele mich nicht selten beschimpft. Ich habe einen krankhaften Putzfimmel, das wollte sie mir immerzu einreden. Dabei ging es mir nur um Reinlichkeit! Gepflegt und sauber, was spricht dagegen? Oder was ist besser? Schmutzig, schmierig, speckig? So wie jetzt mein Küchenboden? Wie es mich anwidert, dass sich nun überall unzählige runde Kügelchen mit dem sämigen

Blut vermengt haben. Eine abscheuliche, unansehnliche Melange. Der gläserne Süßstoffbehälter muss irgendwie gleichzeitig mit mir auf den Boden gefallen sein. Ich könnte toben! Und was mache ich? Ich blöder, toter Sack, liege weiter mittendrin, niedergestreckt in dieser bis zur Unkenntlichkeit versauten Küche. Als Lebender wäre das undenkbar gewesen. Vermeintlicher Putzfimmel hin oder her! Sofort hätte ich zu Eimer und Scheuermittel gegriffen, um die Sauerei schnellstmöglich zu bereinigen. Wenn es nach Adele gegangen wäre, hätte ich mich wahrscheinlich noch im Blut hin und her suhlen müssen, nur um bloß nicht als kleinkarierter, biederer Putzfanatiker zu gelten. Von wegen. Alles hätte ich steril abgeschrubbt. Na ja, hätte! Ich kann es ja nicht mehr. Das ist eben eine der vielen Nachteile, tot zu sein! Man kann nichts tun!

Dementsprechend unwohl ist mir in meiner Haut. Aber nicht nur, weil ich tatenlos mit ansehen muss, wie alles um mich herum in Dreck versinkt. Das ist nur eins der vielen Dinge, die mir den ohnehin kaum aushaltbaren Augenblick zur Hölle machen. Schwerer wiegt der aufreibende Perspektivenwechsel. Ich fühle mich von der ständigen Veränderung des Blickwinkels in eine verzweifelte Hilflosigkeit gestoßen. Schlimm genug, dass ich mir das eingestehen muss. Verzweifelte Hilflosigkeit! Klingt nach einem unbeholfenen Wortwitz. Ist es aber nicht. Ich spüre sie tatsächlich, die verzweifelte Hilflosigkeit. Verübeln kann man es mir nicht! Selbst für einen wie mich ist es nicht einfach, sich gerade erst noch als Außenstehender von oben zu betrachten, um sich unmittelbar danach erneut eingeschlossen im eigenen Leichnam wiederzufinden. Mehr verzweifelte Hilflosigkeit geht nicht! Ummantelt von einer immer kälter werdenden Haut.

Meine Körpertemperatur ist mittlerweile so rapide gesunken, dass ich mir inzwischen vorkomme wie meine alte Ledercouch: kalt, glatt und stocksteif. Nur durch die vielen kleinen Löcher auf dem Sofa, darin unterscheiden wir uns. Noch! Denn schon bald werde auch ich übersät sein mit ähnlichen, aber weitaus größeren Einbuchtungen oder Rissen. Dem wird jedoch vorausgehen, dass blauviolette Flecken meinen steifen Leichnam bedecken werden. Erst wenn die Fäulnis eintritt, sich meine Haut beginnt, gelbgrün zu verfärben, erst dann werde auch ich ganz langsam auseinanderfallen, vergleichbar mit einem Blatt Pergamentpapier, das in Wasser allmählich zerfällt. Das könnte ich auch nicht mit einer wohlklingenden Metapher schön reden. Erbarmungslose Anatomie des Todes.

Hätte ich doch bloß nicht all diese grässlich realistischen amerikanischen Krimiserien gesehen, die genau jenen Zerfallsprozess mit verliebter Detailtreue szenisch umsetzen, würde ich jetzt wenigstens in naiver Ahnungslosigkeit daliegen. Aber was hätte ich abends sonst machen sollen, als Fernsehen zu schauen? Mir fiele selbst jetzt keine andere Sinn bringendere Alternative ein. So ist mir die bevorstehende Verwandlung mehr als nur bewusst. Sie ist mir grausige Gewissheit.

Wie schauderhaft, überlege ich, dass man weniger als vier Stunden braucht, um zunächst einem schäbigen Sofa zu gleichen und nur kurze Zeit später, sogar noch viel weniger als das zu sein. Wenn ich die Wahl hätte, da wäre ich sogar froh, nur ein schäbiges Sofa zu sein.

Wer hätte das gedacht, dass ich doch tatsächlich Neid für eine simple Couch empfinden würde! So tief bin ich gesunken. Für eine abgehalfterte Couch, die ich, es muss jetzt weit mehr als dreißig Jahre her sein, frühmorgens vor den begierigen Klauen eines wollüstigen Sperrmüllwagens habe retten können. Seitdem hat sie mich beharrlich durchs Leben begleitet. Treueste Gefährtin der Jugend! Immerhin eine. Manche haben noch nicht einmal die. Ich werde hier noch zum Optimisten. Sachen gibt`s.

Die beengende Unruhe, die mich bei diesen Gedanken, bald zu verwesen, ergreift, weicht zugleich einer niederdrückenden Erkenntnis: dem Bewusstsein nämlich, sofort zu wissen, dass ich nicht mehr lebe. Sich im Klaren darüber zu sein, dass die Zukunft fortan leblos bleiben wird, noch nie zuvor habe ich ein Gefühl mit solch einer brennenden Schärfe gespürt. Es ist diese augenblickliche Abgeklärtheit, die mir schwer zusetzt, weil ich sie nicht von mir kenne oder zumindest als Lebender nicht von mir kannte. Als Toter hingegen finde ich mich sofort ab, mit meinem Tod und mit dessen Unwiderruflichkeit. Ich versuche diese Erkenntnis, die sich bitter in meinem ausgetrockneten Gaumen festgesetzt hat, wegzuschlucken. Aber ich kann sie nicht wegdrängen, diese mir sonst so fremde Resignation. Was bleibt mir anderes übrig, als sie widerwillig hinzunehmen, so wenig das meinem Gemüt entspricht. Schicksalsergeben blicke ich also in das Auge einer betrüblichen Leere, die mich mit offenen Armen zu empfangen, zu verschlingen scheint. Ohnmacht, wo ist deine rettende Hand?

Ich beschließe, nicht weiter zu hadern. Besser ist es, mir Gedanken darüber machen, wie es jetzt weitergehen soll. Wie ich mich weiter verhalten soll. Aber als gerade erst Verstorbener fühle ich mich mit der neuen Situation gnadenlos überfordert. Das bekenne ich ohne Umschweife. Etwas zugeben, das ist eine neue Erfahrung, die ich als Lebender nie gemacht habe. Mittlerweile würde ich, das befürchte ich, alles gestehen. Tiefer kann man nicht sinken. Oder etwa doch? Zu befürchten ist es.

Ich liege also weiter reglos auf dem mittlerweile bis zur Unkenntlichkeit verschmutzten Küchenboden und – warte. Mehr Handlungsspielraum bietet mir die momentane Lage ohnehin nicht. Keinen einzigen Zentimeter kann ich mich bewegen. Gefangen in einem bleischweren Körper. In einem, in meinem Leichnam. Tot sein, ich hätte nicht gedacht, dass es sich so anfühlt. Ebenso wenig hatte ich mit der Explosion gerechnet, die sich aus meinem ... ich kann nicht so recht einordnen, ob es sich aus dem Kopf, dem Herzen oder gar der Seele ... ergießt. Wobei die beiden letzteren mir mehrfach abgesprochen wurden.

Verschüttete Lebensbilder treten auf einmal unvorbereitet zu Tage. Es ist, als habe die Vergangenheit einen Schleier vor meinen Augen gelüftet. Ich versuche noch, es zu verhindern, dass das Geschehene mir zu nahe rückt. Verdrängung, sonst ein effektives Werkzeug der Psyche, funktioniert jedoch nicht, wenn es um die Psyche eines Toten geht. Eigentlich logisch. Aber auch mit der Logik ist es nicht weit her, wenn man just verstorben ist. Und so werde ich überrollt von der unliebsamen Erinnerung an meine Ex-Frau und daran, wie sie mir auf anschauliche Weise immerzu vor Augen führen wollte, wie wenig Herz und Seele ich besitze. Wobei sie das sprachlich niemals so beschönigend zum Ausdruck gebracht hat. Adele zog stets den direkten, weniger schmeichelhaften Umgangston vor. Denn sie war zwar nur von kurzer Dauer, unsere unglückselige Ehe, aber dafür war sie umso intensiver, was den derben verbalen Austausch untereinander betrifft. Da hätten andere Paare sicherlich ihr halbes Leben für gebraucht, um sich mit Worten so dermaßen zu demontieren. Mehr noch: sich so würdelos zu degradieren, dass der Anblick des anderen unweigerlich Würgegefühle auslöste. Adele aber war genau das gelungen. In weniger als drei, vier Jahren hatte sie es geschafft, dass ihre Anwesenheit augenblicklich verachtendes Unbehagen in mir auslöste. Meine jugendlichen Erwartungen, die, die sich von der Hoffnung nach ewiger Liebe nährten, hatten sich damit ein für allemal zerschlagen. Meine ungestillte Sehnsucht nach Harmonie und Eintracht waren dank Adele unwiderruflich zum Schweigen gebracht worden. Wenn ich mich recht entsinne, brauchte sie dafür noch nicht einmal drei, geschweige denn vier Jahre. Unser Glück, wenn es denn jemals eins gewesen war, wurde recht früh, genauer gesagt unmittelbar nach der Hochzeit, von dunklen, unheilschwangeren Wolken überschattet. Während unserer Flitterwochen in Italien keimte in mir bereits die erste missbehagliche Stimmung auf, die sich im Laufe der Zeit verselbstständigte zu aufschneidendem

Verdruss. Genauer gesagt zwei Tage nach unserer Ankunft in Rom. Als ich damals in der Früh aufwachte, sie neben mir liegen sah, wog auf einmal die Erkenntnis schwer, fortan durch die Ketten der Ehe auf ewig an sie gefesselt zu sein. Sie für immer an meiner Seite zu wissen, diese graumelierte Zukunftsvision fuhr mir wie ein kalter Schauer durch die Glieder. »In guten wie in schlechten Tagen«, ein bedrohlicher Satz, der gefährlich laut beim Anblick meiner schlafenden Frau in meinem Kopf dröhnte. Und mir wurde bewusst, dass es keinen einzigen guten Tag mehr an Adeles Seite geben würde. Dementsprechend gereizt war die Stimmung zwischen uns. Was nicht nur auf mein ungutes Gefühl zurückzuführen war. Denn ich glaubte, dass auch meine künftige Ex-Frau auf wunderliche Weise von derselben Ahnung bedrückt zu sein schien. Auch sie machte mir rasch deutlich, dass wir einander nicht mehr sein würden als Boxsäcke, an denen wir all unsere aufgestauten Aggressionen auslassen würden. Und ich hatte wahrlich nicht wenig Aggressionen. Sie stand mir diesbezüglich im Übrigen in nichts nach. In seiner ganzen Deutlichkeit bekam ich dies unmittelbar nach unseren Flitterwochen zu spüren. Kaum waren wir wieder zu Hause, entluden sich all ihre bislang unterdrückten Feindseligkeiten über mir:

»Du bist ein Schwein!«

Um mal die harmloseste verleumderische Äußerung aufzuführen, die Adele gern benutzte, um mir ihren Widerwillen unverhohlen darzulegen.

»Du bist ein widerliches Schwein!«, lautete die Steigerung, mit der sie mich vier Tage nach unserer Rückkehr zu Hause begrüßte, nachdem sie ein mittelgroßes, mit schwerem Brokat dekoriertes Kissen nach mir geworfen hatte. Und das nur, weil sie beim Putzen ein dünnes Pornoheftchen in meinem Schreibtisch entdeckt hatte. Die harmlose Frage, warum sie denn die Schubladen unbedingt hatte säubern müssen, trug nicht gerade zu ihrer

Besänftigung bei, sondern löste vielmehr eine regelrechte Kissenschlacht aus, die an mir nicht folgenlos vorbei ging. Tagelang musste ich der Gesellschaft mit deutlichen Schrammen und Schürfungen im Gesicht damit strotzen.

»Was ist daran so anstößig?«, fragte ich sie Tage später, nur um das unerträgliche Schweigen, dass sie wie eine Galeere um uns gelegt hatte, zu brechen.

»Du bist ein armes Schwein«, war das einzige, was sie darauf erwiderte – und wir waren damit wieder am Anfang.

»Bin ich dir denn nicht genug?«

»Pornographie ist doch nur die plakative Zurschaustellung dessen, was tagtäglich in deutschen Betten ...«.

Doch weiter als bis dahin ließ sie mich nicht gewähren in meinen Ausführungen, die meines Erachtens keinerlei Schlüpfrigkeiten, sondern im weitesten Sinne sogar einen wissenschaftlich empirischen Wert beinhalteten. Adele hingegen glaubte in meinen Worten lediglich einen subtilen Hauch von Sarkasmus herauszuhören. Was mich wiederum verwunderte. Warum sollte ich mich solcher sprachlichen Raffinessen bedienen, wo mir doch bewusst war, dass Adele selbst die einfachst gestricktesten Sätze von mir stets und nur als Affront gegen sich wertete. Davon war sie überzeugt. Darin zeigte sie Beständigkeit. Ebenso in ihrer Schimpfwort-Auswahl. Wobei ich ihr da doch ein gewisses Maß an Kreativität einräumen muss. Wenigstens da.

Denn hatte sie sich hineingesteigert, blieb es nicht beim schmucklosen »Schwein«. Da wurde aus dem gewöhnlichen Schwein ganz schnell ein »widerliches Schwein«, ein »abartig grausiges Schwein« und hin und wieder auch ein »ekelerregendes Schwein«.

Ihre stilistischen Entgleisungen brachen jedes Mal überraschend und unvorbereitet über mich ein. Selten konnte ich nachvollziehen, weshalb sich meine Ex-Frau dazu genötigt fühlte, mich dermaßen zu beleidigen. Ihr

Verhalten erschien mir ohnehin stets so rätselhaft wie das eines kopflosen Huhnes, das nach der Enthauptung noch wirr umherflattert. Ebenso sinnentleert gestalteten sich ihre Schimpftiraden. Mit der Zeit aber gewöhnte ich mich an sie und hörte damit auf, über Adeles Beweggründe nachzudenken. Ich nahm es widerstandslos hin, dass es dazu gehörte. Beleidigungen, so schien mir, waren fester Bestandteil unserer Ehe geworden. Adeles Beschimpfungsapparat, er war wie eine eigenständige, unverrückbare Instanz, die es sich zur Aufgabe gemacht hatte, fortwährend neue diffamierende Gerichtsentscheide, in diesem Fall ausschließlich über mich, zu fällen. Wobei diese Urteile immer detailverliebter und ausschweifender wurden. Denn irgendwann genügte Adele ein simples »Schwein« nicht mehr. Um ihre durchweg negativen Gefühle für mich zum Ausdruck zu bringen, war sie äußerst erfinderisch. Ihrer Phantasie legte sie dabei keine Zügel an. Adele bemühte andauernd neue ehrenrührige Charakterisierungen, um mir unverblümt zu zeigen, was sie von mir hielt. Nämlich nichts.

»Du bist ein Drecksack! Eine Missgeburt! Ein Stück Scheiße! Ein gefühlloses Etwas. Ein abgestumpftes, eiskaltes Monster! Roboter sind im Gegensatz zu Dir gemütsreich und sentimental.«

Dabei war ich nie besonders zimperlich gewesen, was das Aushalten von Kränkungen anging. Die meisten prallten an mir ab. Auch der Vergleich mit einem Roboter war ein Sinnbild, mit dem ich mich durchaus arrangieren konnte. Implizieren Roboter schließlich nicht nur Negatives. Sie stehen beispielsweise für Fortschritt, Zuverlässigkeit und Präzision. Ja, auch für kompromisslose Rationalität. Und ich konnte wahrlich nichts Anstößiges an vernunftorientiertem Handeln finden. Aber Monster! Das schien auch mir ein wenig deplatziert und unzutreffend. Ein kurzer Blick in Wikipedia genügt, um zu erkennen, wie hanebüchen diese Analogie war:

»Monster oder Monstrum ist der Ausdruck für ein widernatürliches, meist hässliches und angsterregendes Gebilde oder eine Missbildung.«

Dass ich nicht lache! Nur zu gerne hätte ich mir gewünscht, dass Adele hin und wieder Angst vor mir gehabt hätte. Das Gegenteil war aber leider der Fall. Sie war einfach nicht klein zu kriegen, diese Frau. Sie wuchs sogar noch über sich hinaus, wenn sie in Rage geriet, was nahezu täglich geschah. Denn zwischen Adele und mir herrschte Dauerkrieg. Wir befanden uns ständig im Kampf, bei dem es täglich um die Spitzenposition des überlegenen Siegers ging. Unsere Wohnung hatte nichts Heimeliges oder Behagliches; sie glich vielmehr einem Boxring, in dem wir uns ununterbrochen als Gegner gegenüberstanden: ich, der »gefühlsamputierte Automat« – das war eine ihrer gebräuchlichsten Charakterisierungen – gegen Adele, die stets unabwendbar auf eine Kollision hin zusteuerte. Wie ein Trüffelschwein seinen Rüssel ausfährt, um nach erlesenen Pilzen zu suchen, so schnüffelte meine Ex-Frau fortwährend nach Krawall. Der war aber, im Gegensatz zu den Trüffeln, überall zu finden. Selbst der vermeintlich kleinste Fehltritt meinerseits genügte ihr, um mich an den Pranger zu stellen. Und das ist keine Metapher, sondern im wahrsten Sinne des Wortes gemeint: Vier Meter lang und 2 Meter breit war er, mein Schandpfahl oder besser gesagt die Schandbühne – in diesem Fall unsere schäbige Küche – auf die mich Adele zwang, um mich ordentlich in die Mangel zu nehmen. Das hatte Tradition: Grundsätzlich wurde bei uns jeder Kampf nur und ausschließlich in der Küche ausgetragen. Selbst wenn hitzige Diskussionen im Wohnzimmer entstanden, bugsierte mich Adele mit nur wenigen geschickten Handbewegungen umgehend in die Küche. Und schon saß ich in der Falle. Warum ich gerade immer da landen musste? Ich weiß es nicht. Adele muss eine Küchen-Fetischistin gewesen sein. Nur so kann ich mir das im Nachhinein erklären. Vielleicht erregte sie es auf gewisse

Weise, mich zwischen Herd, Kühlschrank und einem Haufen ungespülter Teller zu erniedrigen. Ja, ungespült! Und nur ungespült. Habe es nie erlebt, dass sie es mal waren. Denn das gehörte trotz aller Hingabe zur Küche nicht zu Adeles Vorlieben. Wobei sie eigentlich keinerlei Vorlieben besaß, wenn ich recht überlege. Also überließ sie das Spülen nur allzu gern mir. Jedenfalls war sie der Küche sonst in allem anderen regelrecht verfallen: kochen, braten, backen – mit nichts verbrachte sie mehr Zeit als damit. Wenn es denn geschmeckt hätte! Tat es aber nicht. Trotzdem machte sie fast ausschließlich nichts anderes. Und wenn es nichts mehr zu kochen, braten, backen gab, dann wälzte sie in der Küche Kochbücher, deren Rezepte sie jedoch so wenig verstand, dass sie zwar wagemutig umsetzte, allerdings mit einer solchen Lieblosigkeit dahingerotzt, dass es lohnenswerter gewesen wäre, einfach eine Konservenbüchse zu öffnen, sie nett anzurichten und zu servieren.

Nichtsdestoweniger hatte das Ganze auch etwas Gutes. Solange Adele in der Küche stand, stand sie mir nicht im Weg. Aus den Augen, aus dem Sinn.

Ich glaube, meine Ex-Frau nutzte alle Küchentätigkeiten sozusagen als Kompensation für sexuelle Befriedigung. Denn ins Bett bin ich mit ihr nach der Hochzeit kaum noch gestiegen. Sie mit mir übrigens auch nicht. Und deswegen musste sie sich wohl ein anderes Ventil suchen: Die Küche wurde fortan zum Schauplatz ihrer unausgelebten Gelüste. Ja, so war es tatsächlich. Denn kaum hatte meine Ex-Frau die Tür zugeschlagen, entbrannte sie in Leidenschaft. Sie fiel regelrecht über mich her – verbal versteht sich und zudem auf solch äußerst unattraktive Weise, dass sie sich auf meine ohnehin auf ein Minimum reduzierte Libido vernichtend auswirkte. In ihrer Gegenwart erstarrte ich augenblicklich zum Eunuch. Ich war auf einmal ein Kastrat, vor allem nachts, wenn ich neben ihr lag, fühlte ich diese dumpfe Ohnmacht in meiner Hose umso schmerzhafter.

Früher hingegen, da lief es, trotz aller verachtenden Gefühle füreinander, eigentlich ganz passabel zwischen uns. Wenigstens das. Was wahrscheinlich daran lag, dass wir sonst niemanden hatten, der sich unserer annahm. Ich war zwar immer auf der Suche nach einer anderen, adäquaten Gespielin. Aber all die Zeit und Mühe, die ich aufbringen musste, um eine Frau dazu zu bringen, mit mir zu schlafen, dafür war ich während meiner aufreibenden Ehe einfach nicht mehr in der Lage: zu schlapp, ausgelaugt und müde. Und Nutten, ich gebe zu, dafür war ich einfach zu geizig. Na ja, meistens jedenfalls. Aber das soll jetzt hier nicht das Thema sein. Da blieb also nur Adele! Sie war zwar nie eine besonders sinnliche Liebhaberin. Das nicht. Aber sie war bemüht, sich wie eine aufzuführen. Eine ihrer größten und wahrscheinlich einzigen Vorzüge war, dass sie sich meist willenlos fügte. Abgewiesen hat sie mich so gut wie nie. Und das ist ja schließlich auch was. Nicht leidenschaftlich ausschweifend. Das nie. Das verlangte ich auch nicht. Obwohl es mir natürlich gefallen hätte, wenn sie sich mir hin und wieder empathischer gezeigt hätte. Doch das lag nicht in ihrem Naturell. Überschäumende Aufwallungen und Adele – das waren zwei sich aus-schließende Gegensätze. Sexuell jedenfalls. Außerhalb unseres Schlafzimmers, da schäumte sie, wie gesagt, gerne mal über. Aber im Bett, da war sie vielmehr der eher abwartende, fügsame Typ. Fast schon devot würde ich sie bezeichnen. Vielleicht war es aber auch nur Bequemlichkeit. Oder mangelnde Phantasie? Oder einfach kein immens großes Lustempfinden. Wie dem auch sei, Adele zeigte kaum Eigeninitiative, eher passive Zurückhaltung und keinerlei Interesse daran, jemals neue Ufer zu betreten, geschweige denn neue Kontinente. Diesbezüglich war sie wie eine einfältige Urlauberin, die jahrein jahraus immer nur in dasselbe Land fährt, dasselbe Hotel bucht, um immer vom selben Buffet zu essen, an der gleichen Bar zu trinken, und dann abends erschöpft aufs Bett zu fallen – nach Möglichkeit natürlich in exakt demselben Zimmer wie gehabt.

Oder wenn man Sex mit Nahrung vergleicht, dann war Adele eine lukullische Banausin. Auf mich übte sie deswegen schon sehr bald den Reiz einer erotischen Dampfwalze aus. Sie war der Inbegriff für Unbegehrlichkeit geworden, wenn es diesen Ausdruck denn geben würde. Falls nicht, hätte er eigens für sie erfunden werden müssen. Wie hätte ich mich da noch von ihr verführen lassen können? Ganz zu schweigen, wenn ich mir ihren Anblick von ihrem äußerst unattraktiven Gebaren in der Küche vor Augen führte. Wenn ich daran zurückdenke, vergeht mir sogar heute noch alles. Ja, selbst als Toter. Adeles unglamouröse Küchen-Auftritte, die haben mich nachhaltig traumatisiert. Ich sehe sie immer noch ganz genau vor mir. Wie sie sich dabei aufführte wie eine Horde wild gewordener grüner hässlicher Baumaffen, die sich kreischend zur Wehr setzen, wenn sie sich von einem Raubtier oder Nahrungskonkurrenten bedroht fühlen. Sie tobte, kreischte, stampfte auf. Eine wild gewordene Furie wäre im Gegensatz zu ihr noch besonnen und einfühlsam. Aber Adele verstand es, sich in Szene zu setzen wie ein tollwütiger Baumaffe. Wie von Sinnen setzte sie sich wie ihre Artgenossen zur Wehr. In Adeles Fall war ich jedoch die bedrohliche Instanz, vor der es sich zu schützen galt. Wobei sie im Gegensatz zu den Kreischaffen, die tatsächlich nur in brenzligen Situationen Krach machen, alles an meinem Verhalten als bedrohlich empfand. Prinzipiell handelte ich stets aus niederen Beweggründen. Davon war meine Ex-Frau unabwendbar überzeugt. Kam ich beispielsweise mal zu spät zu einer unserer Verabredungen, unterstellte sie mir gleich mangelnden Respekt für andere:

»Dir ist es doch vollkommen egal, dass ich hier stundenlang auf Dich warten musste! Wie ein begossener Pudel hast Du mich einfach stehen lassen. Du bist ein schrecklicher Egomane.«

Ja, sie sagte tatsächlich Egomane! Dieses Fremdwort

hatte sie mal rein zufällig in einem Film gehört, war vom Klang des Wortes augenblicklich fasziniert (weil an Egoist erinnernd und damit für sie als neues Schimpfwort geeignet), hatte im Duden nachgeschlagen und sofort als zutreffend empfunden. Seitdem war ich nicht selten ein Egomane.

Holte ich sie jedoch zu früh ab, war ich gleich »das Arschloch, das sie hetzt und damit fürchterlich scheiße unter Druck setzt«.

Arschloch und Scheiße waren keine Begriffe, die sie erst nachschlagen musste. Ich glaube, die hatte sie bereits mit der Muttermilch aufgesogen. Sie waren fester Bestandteil ihres Wortschatzes. Arschloch und Scheiße, das waren die beiden häufigst benutzten Füllwörter, die sie sich immer dann zunutze machte, wenn ihr nichts anderes einfiel, was ziemlich häufig der Fall war.

»Wie willst Du uns mit Deiner scheiß Schreiberei über die Runden bringen, Du Arschloch?« So einfach strukturiert waren die meisten ihrer Sätze, allerdings oftmals mit nuanciert umgestellten Satzelementen: »Nur Arschlöcher wie Du glauben, sie könnten mit ihrer scheiß Schreiberei die Familie ernähren.« Und sie imponierte mir bisweilen sogar, wenn es ihr gelang, diesen einen Satz gleich mehrfach mit ihren Lieblingsfüllwörtern zu bestücken: »Scheiß Arschloch, kannst mit der scheiß Schreiberei noch nicht einmal ein Arschloch ernähren!« Das nenn' ich Ideenreichtum! Ansonsten war sie so einfallsreich wie eine getrocknete Tomate nach mehreren Wochen unter der heißesten Sonne Siziliens.

Ich konnte es Adele einfach nie recht machen.

»Ein Egoist ist und bleibt ein Egoist! Und Du bist der egoistischste Egoist, den ich kenne.«

Mit diesem konstruktiven Beitrag endete fast jede unserer – meist einseitig geführten – Diskussionen. Selbst dann, wenn ich zu all ihren Vorwürfen schwieg, um sie ja nicht noch mehr zu echauffieren, war das für sie wieder nur der Beweis dafür, dass ich nicht nur egoistisch war, sondern dass mein Verhalten auch noch von einer kaltschnäuzigen Gleichgültigkeit zeugte.

»Mich schaudert's in Deiner Nähe. Du bist ein erschreckend eisiger, scheiß Eisblock. Und das ist noch viel zu nett von mir, es so auszudrücken.«

Nett!

Selbst heute muss ich darüber schmunzeln, dass sie tatsächlich *nett* sagte. Adele war alles, nur niemals nett. Aber lassen wir das.

Und wehe, ich wagte, aufzubegehren. Wehe, wenn der brodelnde Vulkan irgendwann unerwartet ausbrach und sich der glühende Lavastrom unvermittelt und sintflutartig ergoss. Dann verstummte es auf einmal für Sekunden, Minuten, oftmals auch für Stunden in unserer ohnehin bedrückend stillen Wohnung. Die Welt verfiel dann in erstickte Lautlosigkeit. Es war wie eine betäubende Ruhe, in der zwei Menschen einander anschwiegen wie zwei frisch gefällte Baumstümpfe nach dem Roden.

Nett!

Wie wenig nett wir doch beide sein konnten.

Vielleicht ist es also doch das Gehirn, durch das noch der letzte Hauch des Lebens strömt, bis es irgendwann gänzlich verstummt? Was sollte es sonst anderes sein? Das Herz hat schließlich vor Stunden aufgehört zu schlagen. Die Materie ist längst tot, das steht zweifelsohne fest. Dafür ist der Geist umso wacher. Zu wach. Nur so kann ich mir diese Gedankenwelle und Gefühle erklären, die nun mit Gewalt über mich hineingestürzt sind und die ich bewusst, viel zu bewusst, wahrnehme. Mir gefällt diese Konstellation nicht. Oder steht es mir etwa nicht zu zu nörgeln? Wäre angepasste Hinnahme angebrachter? Doch wieso sollte ich mich in zurückhaltendem Erdulden üben, wenn ich dies schon zu Lebzeiten genauso wenig beherrschte wie ein Hund das Violinenspiel? Lieber wäre es mir anders herum: der Geist tot und der Körper lebendig. Aber ginge das überhaupt? Wer oder was sollte eine mannshohe Fleischmasse von etwa 180 Pfund leiten, wenn das Gehirn als Steuerzentrale ausfällt?

Auf einmal bleiben wieder so viele Fragen unbeantwortet im luftleeren Raum stehen. Es ist eine verschreckende Unwissenheit und eine ebenso furchterregende Gewissheit, dass niemand da ist, den man um eine Antwort bitten könnte. Das einzige, das ich mit Gewissheit weiß, ist, dass dieser sonderbare, undefinierbare Wachzustand mich maßlos überfordert. Mich drangsaliert. Quält. Es ist wie eine gewaltige, aufpeitschende Welle von Verlorenheit, die mich regelrecht überspült, mich niederwirft. Unbehaglich wird mir aber nicht nur deswegen zumute. Würde ich noch leben, hätte ich mir dies natürlich niemals zugestanden. Aber jetzt, da bin ich geständiger als der reumütigste Schwerverbrecher. Was sollte ich noch großartig leugnen? Es spielt keine Rolle mehr, wie ohnehin nichts mehr eine Rolle spielt. Also kann ich es, wenngleich mit einem Anflug von Scham, auch zugeben:

»Ja!«

»Ich habe Angst!«

»Eine Scheißangst sogar!«

Oh, Mann, jetzt rede ich schon wie Adele.

Jetzt ist es raus!

»Ich habe eine scheiß Angst!«

»Angst! Scheiße!«

Durch dieses Eingeständnis fühle ich mich nunmehr jeden Stolzes beraubt und leer. Nichtssagend leer. Es ist, wie wenn sich das Innere verflüssigt hat, um sich mit schmerzhafter Gewalt nach außen Bahn zu brechen, bis auf den letzten Tropfen. Der Körper verwaist. Eine kümmerliche Hülse. Kann man sich selbst noch demütigender erniedrigen? Wohl kaum! Ich gebe zu: Das ist trotz alledem kein Genickbruch. Nein, das nicht. Aber auch das tut genauso weh!

Angst also! Ich hatte bislang nur eine diffuse Ahnung davon, wie es sein könnte, Angst zu haben. Aus Erzählungen anderer weiß ich, dass sie sich manchmal lähmend oder einschüchternd auswirken kann. Häufig hörte ich über sie wie von einer gefürchteten Feindin sprechen, der man mit Unbehagen, aber respektvoll begegnet. Und einige berichteten, wie sie ihr halbes Leben damit zugebracht hatten, die Angst zu überwinden. Überall war es, dieses beklemmende Gefühl der Angst. Die einen fürchteten sich vor der Mutter oder dem Vater, vor Menschen im Allgemeinen, vor dem Versagen und andere wiederum vor der Zukunft oder sich selbst. Grauenvoll, wie sich alle überall vor allem fürchteten! Das war ja kaum auszuhalten. Und jetzt das! Nun gehöre auch ich dazu – zu eben jenen Schlappschwänzen. Nur bin ich gleich doppelt gearscht! Weil ich nicht nur Angst, sondern auch noch Angst vor der Angst habe.

Was sagt man nun dazu? Ein verängstigter Leichnam! Gibt es ein grotesкeres Ende für jemanden, für den der Begriff Angst einst so exotisch klang wie der Name einer hawaiianischen Insel im Pazifischen Ozean? Wann hatte ich jemals Angst? Ich kann mich beim besten Willen nicht daran erinnern, sie jemals gespürt zu haben. Noch nicht einmal, als ich Susi schwängerte. In ihren Augen, ja, darin hatte ich sie gesehen, die Angst. Aber ich? Fehlanzeige! Und schon wieder ziehen die grellen Bilder einer längst vergessen geglaubten Vergangenheit an mir unangenehm leuchtend und bunt vorüber. Es sind die Farben eines quälenden Missbehagens.

Dreizehn oder vierzehn waren wir damals, als es passierte. Susi war völlig aufgelöst vor Angst. Ich dagegen angepisst, wegen der Unannehmlichkeiten, die nun unweigerlich folgen würden. Verdrossen stimmte mich aber nur eins, nämlich dass unsere unbeschwerten Schäferstündchen auf dem Dachboden der Dorfscheune damit ein für allemal vorbei waren. Aber Angst? Nein, zu keinem Zeitpunkt spürte ich sie in mir emporsteigen. Selbst dann nicht, als mich ihr Vater, unser Schuldirektor, in die Mangel nahm.

Wut und nicht Angst war es, was ich empfand, als er mich von der Schule verwies und ich fortan jeden Tag eine Stunde eher aufstehen musste, um den Bus in das benachbarte Städtchen nehmen zu müssen. Und wenn ich im Winter frühmorgens an der Haltestelle stand und mir der eisige Wind Tränen in die Augen trieb, schlug die Wut sogar in Hass um. Wie beschissen ungerecht das Leben sein kann, dachte ich in diesen Momenten. Ich musste frieren, nur weil der Schuldirektor wahrscheinlich zu schwerfällig gewesen war, weil er nicht sah, dass seine mannstolle Susi dringend einer Aufklärung bedurft hätte. Sie jedenfalls durfte, nachdem sie wegen der Abtreibung eine Weile aus dem Verkehr gezogen worden war, wieder ihren gewohnten Alltag leben – samt regelmäßiger Besuche jener besagten Dorfscheune. Aber nicht mehr mit mir. Mit Jungs aus ihrer Klasse ließ sie sich nicht mehr ein. Wieder einmal wegen der Angst. Sie hatte schreckliche Angst, ihr Vater käme erneut dahinter und das hätte unweigerlich zur Folge, dass Susis Klasse auf eine reine Mädchenklasse zusammengeschrumpft wäre. Und so verlagerte sie ihr Interesse kurzerhand von kleinen Schuljungen auf reifere Fußballspieler. Immer häufiger sah man sie nun nachmittags auf der Tribüne des Stadions, wo sie interessiert – diesen Eindruck schien sie jedenfalls vermitteln zu wollen – den heranwachsenden Männern beim Training zuschaute. Hier musste sie jedenfalls nicht befürchten, dem sonst omnipräsenten Vater zu begegnen. Denn der war bekennender Sportmuffel. Ich hingegen vertröstete mich mit harten Bällen. Billard um halb zehn. Jeden zweiten Sonntag in der Dorfkneipe. Eine ganze Zeit lang war das eine dankbare Ablenkung. Aber sehr rasch verlor ich auch daran das Interesse, wie an so Vielem.

Im Hintergrund ertönen diffuse Laute. Sie klingen weit entfernt. Es hört sich an wie das sanfte Wiegen des Windes in den Baumwipfeln. Das Geräusch wird zunehmend lauter. Es ist ein geschmeidiger Ton, der immer näher kommt und sich wie ein weicher Schleier über mich legt. Ich will ihn unbedingt fühlen, ertasten. Wie erschreckend blödsinnig ich mich doch verhalte. Dennoch kann ich nicht damit aufhören. Ich bemühe mich weiterhin, nach ihm zu greifen.

Augenblicklich werde ich jedoch von meiner bedauernswerten Hülle – der Begriff Körper trifft längst nicht mehr auf das zu, was aus mir geworden ist – erneut und unbarmherziger als zuvor daran erinnert, dass ich nicht mehr lebe. Der Gedanke an die wollüstige Susi hatte mich das für einen kurzen Moment vergessen lassen. Stumme Verzweiflung steigt in mir hoch. Ich versuche, meine Verzagtheit hinauszubrüllen. Laut will ich sie aus mir herauspressen, so wie man den Saft aus einer Orange quetscht. Aber aus dieser Orange ist nichts mehr zu holen. Meine Schreie dringen nicht hinaus. Sie versiegen in mir, in meinem verdorrten Leichnam. Es ist tatsächlich vorbei! Dumpf fühlt sich der Schmerz dieser Erkenntnis dieses Mal an. Dieses Mal haftet ihr etwas Rohes, Grausames, Erbarmungsloses an. Mir fällt kein einziger dummer Spruch mehr ein, der dieser barbarisch-grausamen Tatsache ein wenig Milde, vielleicht sogar etwas Tröstliches abgewinnen könnte. Kein einziger dummer Spruch mehr.

»Es ist vorbei!«

Unentwegt hallen diese drei Worte in meinen Ohren nach.

»Es ist vorbei!«

Willkommen in der neuen Realität! Hört sich an wie ein wohlklingender Spruch aus einem Science-Fiction-Streifen. Ist aber alles andere als irreale Filmsprache.

»Willkommen in Deiner neuen Realität, Albert!«

Ich bin Regisseur, Schauspieler, Komparse meines eigenen Filmes, agiere in einer Kulisse, deren Wände aus einer Gegenwart bestehen, die sich aufgelöst hat, aus einer Zukunft, die sich ausgelöscht hat, aus einer Vergangenheit, die sich abgeschafft hat. Na, wenn das nichts ist! Von solch einem Stoff träumen die in Hollywood doch.

»Es ist vorbei!«

Ein dickflüssiger Film brennt hinter meinen verschlossenen Augen. Ich weine. Das erste Mal nach langer Zeit. Ohne Tränen. Ohne Schluchzen. Geräuschlos. Wie das geht? Es geht! Und wie das geht.

Der Haustürschlüssel dreht sich im Schloss. Hohe Absätze klackern ins Haus. Ich horche auf. Schrill und aufgeregt hören sich die hektischen Schritte an, die zuerst durch den Flur tippeln und dann im Wohnzimmer verschwinden. Heute ist Dienstag, fällt mir ein. Es ist Anna! Oder heißt sie Martha? Mir fällt der Name der Putzfrau nicht ein. In den vergangenen Jahren sind so viele gekommen und gegangen, dass ich irgendwann den Überblick verloren habe.

Aber für ihre Namen habe ich mich ohnehin nie interessiert. Mir ging es nur darum, dass sie ordentlich sauber machten. Was sie natürlich nicht taten. Sie putzten zwar, aber alles andere als sorgsam. Nicht die Raumpflege, sondern die hohe Kunst der Augenwischerei, das war es, was jede auf ihre ganz individuelle Art meisterlich beherrschte. Olga beispielsweise, sie hieß natürlich nicht so, sah aber so aus, wie ich mir eine Olga vorstellte, wischte eine Viertelstunde Staub und widmete sich die restlichen drei Stunden der Pflege internationaler Beziehungen. Mit anhaltender Ausdauer ihre Verwandten anzurufen, die überall auf der Welt verstreut lebten, darin war Olga wirklich unschlagbar. Einen untrüglichen Beweis dieses Redetalents lieferte mir am Monatsende die Telefonrechnung. Weswegen ich sie, nach einer lautstarken Konfrontation, wüst beschimpfend fortjagte, um mir übergangslos Katrinka, auch ihr Name ist frei erfunden, ins Haus zu holen. Katrinka putzte im Gegensatz zu Olga. Die ersten vier Wochen jedenfalls. Als ich jedoch eine Weile nicht arbeiten gehen konnte, Olgas Mann hatte mir nachts aufgelauert, um mir seinen Unmut mit geballten Fäusten kundzutun, war es auch mit Katrinkas Betriebsamkeit schnell vorbei. Statt die Böden zu wischen, wollte sie fortan lieber an mir reiben. Wozu ich grundsätzlich nicht abgeneigt gewesen wäre, wäre Katrinka nicht doppelt so alt und so schwer wie ich gewesen. Zutiefst beleidigt zog sie nach einer brüsken Abweisung von dannen und überließ das Feld anderen, die nicht schlechter, aber auch nicht besser waren als sie und Olga und die durchschnittlich nicht länger als ein bis zwei Monate blieben.

Ich vermute, dass auch Martha ihren Vorgängerinnen in nichts nachsteht. Herausfinden werde ich es dieses Mal jedoch nicht mehr. Der Tod hat nun das erledigt, was ich sonst früher gerne selbst in die Hand genommen habe. Er hat für ein schnelles, abruptes Ende gesorgt.

Ungewohnt ist auch das Gefühl von Erleichterung, das unerwartet aufkommt, als ich Martha durchs Haus gehen höre. Ich kann mir nicht erklären, warum. Aber, ja, ich freue mich. Nahezu beglückt bin ich ob der Tatsache, dass sie da ist. Dass ich nach Stunden der Einsamkeit und des Todseins nicht mehr alleine bin. Schämen müsste ich mich angesichts so viel devoter Demut. Aber selbst dazu kann ich mich nicht mehr aufschwingen. Was bleibt, ist nicht viel.

Voller Anspannung erwarte ich sie. Hoffe, dass sie so schnell wie möglich zu mir in die Küche kommt. Aber es dauert. Martha putzt erst die anderen Räume, zu meinem Bedauern mit gründlicher Akribie. Was würde ich dieses Mal darum geben, wenn sie wie ihre Vorgängerinnen mit weniger Gründlichkeit vorgehen würde. Aber so sind nun mal die Gesetzmäßigkeiten des Lebens und wie man sieht, ändert sich das selbst nach dem Tod nicht, stelle ich resigniert fest: Man bekommt immer das, was man nicht will! Schön, dass sich wenigstens einige Dinge nie ändern. Ungeduldig folge ich jeder ihrer Handlungen. Registriere, wie sie im Schlafzimmer die Kommode verschiebt, im Bad die Wanne abschrubbt. Es dauert eine schier unendlich lange Zeit, bis sie sich mir nähert, bis sie sich langsam von der Diele in die Küche durcharbeitet.

»Ach du verdammte Scheiße!«

Martha schreit.

Nur einmal. Ganz kurz schrill, aber keineswegs hysterisch. Sie wirkt eher überrascht, aber nicht im Geringsten verschreckt. Mit stumpfsinnigem Ausdruck macht sie einen Schritt auf mich zu. Sie bleibt dicht vor meinen ausgestreckten Beinen stehen. Mit ihrem rechten Fuß tritt sie leicht gegen mein Bein. Wo ist der Respekt, dem man einem Toten zollt? Drei Mal hintereinander wiederholt sie das und ich spüre kein einziges Mal irgendetwas. Dann hört Martha auf und bleibt dumpf neben mir stehen. Schweigend und mit undurchsichtiger Miene schaut sie eine Weile zuerst auf mich und dann auf das Blut, das sich mittlerweile zu einem Muster auf dem Boden verteilt hat. Es sieht aus wie eine riesige Feuerqualle mit vielen kleinen dünnen Beinchen.

»Der alte Mistkerl hat sich doch tatsächlich das Genick gebrochen und dabei auch noch eine Riesen-Schweinerei veranstaltet.«

Sie sagt das mit schneidender Härte. Martha ist jetzt sichtlich verärgert, sogar mehr als das. Die Farbe der reinsten Verachtung zeichnet sich greifbar auf ihrem Gesicht ab. Noch nie zuvor habe ich die mir entgegengebrachte Abscheu mit solch einer schmerzlichen Schärfe gespürt. Ihr peinigender Anblick bleibt lange an mir haften. Selbst als sie sich umdreht und wiegenden Schrittes in den Flur geht, wo ich sie zum Telefonhörer greifen höre, hält sie mich fest im Griff, diese fühlbare, markerschütternde Abneigung.

»Diese dumme, hässliche Schlampe. Rausschmeißen hätte ich sie sollen, als ich dazu noch in der Lage gewesen wäre«, sage ich mir oder denke ich das? Keine Ahnung. Jedenfalls geistert dieser Wunsch in meinem Kopf herum. Aber wer hätte mich dann finden sollen?

3.
Zu sterben, dem haftet wahrlich nichts Poetisches an

Durchdringend schnurren die Seile, die meinen Sarg in die Tiefe gleiten lassen. Was für eine überaus hässliche Holzkiste, denke ich. Vermutlich ein Auslaufmodell. Ausrangiert bei der letzten Inventur des hiesigen Bestattungsunternehmens und dann verscherbelt für Exemplare wie mich. Aber was beklage ich mich? Ich kann von Glück sagen, dass sich überhaupt irgendjemand dazu aufgerafft hat, irgendeinen Sarg für mich auszusuchen. Nur zu gerne wüsste ich, wer das wohl gewesen sein könnte. Der gute alte Arnim vielleicht? Wieso sollte er? Was nutze ich ihm denn jetzt noch? Obwohl gerade jetzt könnte ich mich besonders wertvoll für ihn erweisen. Aber das würde Weitsicht voraussetzen und die hat der gute alte Arnim ebenso nie besessen wie Spontaneität und Flexibilität. Da würde es an ein Wunder grenzen, wenn ihn meine Beerdigung von seinem angestaubten Schreibtisch weglocken würde. Der liest lieber weiter dröge Manuskripte von noch drögeren Autoren, in der Hoffnung, irgendwann doch noch den einen zu entdecken, der ihn auf den Olymp der Buchbestsellerliste katapultieren wird.

Oder war es gar Martha? Wohl kaum, wäre es nach ihr gegangen, hätten sie mich gewiss in einen Leinensack gesteckt, um mich anschließend unter einem alten Strommast einzubuddeln. Wahrscheinlicher ist, dass sich die Wohlfahrt oder so etwas Ähnliches meiner sterblichen Überreste angenommen hat. Die sind schließlich spezialisiert auf arme Schweine.

Jedenfalls erscheint es mir unwirklich, wie ich vor dem riesigen Loch stehe, das in wenigen Minuten von einer gewaltigen dunklen Masse erdrückt werden wird. Aber, und das ist das Groteske an dem vermeintlich Irrealen, nichts an all dem ist irreal. Es ist eine nicht zu leugnende Realität, dass ich hier am schmalen Rand eines Abgrunds stehe. Wie angewurzelt blicke ich hinab ins Auge dieser neuen Wirklichkeit. Es ist keine imaginäre, keine rein subjektive, sondern die absolute Wirklichkeit! Und ich kann es immer noch nicht fassen, dass ich derjenige bin, der gleich unter einer gewaltigen dunklen Masse verschwindet. Von der Erde verschluckt. In einem lieblosen Grab, das flankiert wird von nackten, hässlichen Bäumen, die ihre dünnen Äste wie ausgemergelte Hände gen Himmel ausstrecken. Hätte irgendein Schriftsteller dieses Szenario in eines seiner Bücher beschrieben, hätte sich mir die motivische Bedeutung der Bäume sehr schnell erschlossen. Aber im wahren Leben? Wobei wahres Leben ja auch nicht mehr zutrifft. Ich meine, in der Realität eines Toten? Mein Grab, flankiert von unschönen, beängstigenden Bäumen! Nur Zufall? Ach, was soll's! Was mache ich mir überhaupt noch Gedanken darüber? Da könnte ich auch in der Karibik unter Palmen begraben worden sein, was macht das für einen Unterschied? Tot ist tot! Und dunkel ist es unter der Erde überall auf der Welt. Punkt! Mehr interpretatorischen Spielraum sollte dem ganzen Szenario nicht eingeräumt werden, beschließe ich.

Dabei habe ich mir zu Lebzeiten oft ausgemalt, wie es sein würde zu verschwinden. Sich aufzulösen im Nichts, das war für mich jahrelang stets eine reizvolle Vorstellung, der ich im Geiste immer wieder gerne nachhing. Oftmals war es sogar mit einem Gefühl der Wonne verbunden, darüber nachzudenken. Nicht selten stellten sich danach Gefühle der Erleichterung ein. Ja, ich liebte die Umarmung mit dem Tod! Als ich noch lebte. Ich hatte schließlich keinen blassen Schimmer, wie fade er tatsächlich ist. Zu sterben, das ist die erste Lektion, die man als Toter lernt, dem haftet wahrlich nichts Poetisches oder Erhabenes an.

Umgehend ernüchtert, wobei das eine viel zu schwache Gemütsumschreibung ist, bin ich, als ich neben mir meine Schwester entdecke. Lisa! Dachte, sie wäre längst tot.

Lebendig begraben von ihrem Mann. So können Illusionen platzen.

Bei ihrem Anblick erfasst mich missbehagliche Erregung. Vor zwanzig Jahren habe ich sie das letzte Mal gesehen. Und da war es nicht anders. Lisa löste in mir stets nur, sagen wir mal, ein Gefühl von Verdrossenheit und Übellaunigkeit aus. Unwiderlegbar konnte sie das gut, wobei gut wiederum untertrieben ist. Sie war eine Virtuosin der präzisen Effekte: Keine vermochte mit weniger Worten, minimalistischeren Blicken oder kleineren Gesten so meisterhaft Unmut und Ingrimm zu erzeugen wie Lisa. Vor solch einer geradezu artistischen Fähigkeit zollt ihr mein größter Respekt! Das ist selbstverständlich ironisch gemeint. Denn bewundernde Hochachtung, die empfand ich bestenfalls für ihren Ehemann, den Volltrottel, weil er tatsächlich den Mut besaß, das Biest zu ehelichen. Aber wahrscheinlich war es nicht Mut, der ihn antrieb, sondern reine Torheit. Und auf eben jene Torheit führe ich es zurück, dass er nicht den nötigen Schneid besaß, sich des Monsters zu entledigen.

Meine Schwester hat sich kaum verändert. Sicher, früher, da hatte sie noch volles blondes Haar, meist auftoupiert wie bauschige Zuckerwatte – keine frisch gedrehte süße, sondern eher eine verdorbene, ranzige. Aufgestapelt auf ihrem nicht sonderlich attraktiven Kopf sah sie damit aus wie ein Schreckgespenst. Und sie benahm sich auch stets wie eins. Ständig huschte Lisa auf leisen Sohlen durchs Haus. Ich hörte sie nie kommen. Plötzlich stand sie einfach vor einem, unvermittelt und blass wie Quälgeister nun einmal so sind. Meine Schwester schien das regelrecht zu genießen, wie sie uns dauernd in helle Aufruhr versetzte. Es entfuhr ihr ein schadenfrohes Lachen, jedes Mal, wenn sie mich oder meine Eltern vor Angst aufschrecken sah.

Ich bin mir nicht ganz sicher, aber bei genauerem Hinsehen glaube ich, dieses Lächeln auch jetzt auf ihrem schmallippigen Mund wiederzuerkennen. Es ist zwar nicht mehr so deutlich ausgeprägt wie damals, es wirkt anders, verhaltener, rätselhafter, doch zweifelsohne ist es im Ansatz unverkennbar. Die lächelnde Mona Lisa! Daran erinnert mich meine Schwester just in diesem Moment. Und genau wie die sagenumwobene Frau verewigt auf Da Vincis Gemälde niemals altert, scheint die Zeit auch bei Lisa keine Spuren hinterlassen zu haben.

Meine Schwester hat kaum Falten. Ich würde sogar so weit gehen zu behaupten, sie habe keine einzige. Über ihrem Gesicht ist die blasse Haut glatt und straff gespannt wie eine hauchdünne Lage Frischhaltefolie über einer Sahnetorte. Boshaftigkeit und Niedertracht, das war mir gar nicht so bewusst, sind ausgezeichnete Konservierungsmittel für ewige Jugend! Und sparen zudem eine Menge Geld ein, die man andernfalls für kostspielige Schönheitsoperationen oder Botox-Behandlungen aufbringen müsste. Man benötigt nur immer genug Input, um den Körper mit stets neuen arglistigen Gedanken und Übeltaten zu füttern, damit er auch schön geschmeidig bleibt. Aber da mache ich mir bei Lisa keinerlei Sorgen, dass ihr der Input ausginge.

Eindringlich schaue ich mir diese Unverwüstlichkeit jugendlicher Potenz an. Lisa, sie müsste mittlerweile 48 sein, wirkt auf mich noch mädchenhafter als zu dem Zeitpunkt, als wir uns das letzte Mal sahen. Aufmerksam betrachte ich ihr Gesicht. Wie sie die Lider halb geschlossen hält, den Kopf leicht zur Seite geneigt hat, in der Hand ein Taschentuch haltend. Sie ist ernsthaft darum bemüht, traurig auszusehen.

Ich kenne diese Mimik noch von früher. Die hat Lisa immer dann eingesetzt, wenn sie ihren Willen gegen unseren rückgratlosen Vater durchsetzen wollte. Einmal bis maximal zweimal traurig dreinblicken und schon hatte sie ihn im Sack. Für ein paar neue Schuhe genügte in der Regel ein melancholischer Augenaufschlag. Der

Gegenwert eines kompletten neuen Outfits erforderte dagegen ein paar Tränchen. Und richtig melodramatisch wurde es jedes Mal, wenn Lisa mehr Taschengeld forderte. Wobei das, was meine Schwester im Laufe der Zeit verlangte, längst in keine Taschen mehr gepasst hätte, sondern vielmehr auf die Ladefläche eines kleinen Pickups. Selbstverständlich verstand sie es, all ihre an Vater angetragenen Wünsche vor Mutter zu verbergen. Hätte sie nämlich davon erfahren, hätte das sowohl für Lisa als auch für Vater verheerende Konsequenzen gehabt. Denn Mutter duldete keinerlei Extravaganzen. Wobei das nicht ganz zutrifft. Mutter duldete – im Grunde genommen – gar nichts. Aber das sei hier nur am Rande erwähnt.

Lisa ist ohne ihren Mann Roland gekommen. Den hat sie vermutlich zu Hause bei seinen Reptilien gelassen. Ich sage bewusst seine, weil Lisa diese Tiere verabscheut. Alle Versuche, die Schlangen loszuwerden, scheiterten. Roland hielt eisern an seinen Tieren fest. Den einzigen Kompromiss, den er bereit war einzugehen, war, die Schlangen im fensterlosen Keller unter Verschluss zu halten. Seitdem lebte Roland mehr unter Tage als oben bei seiner Frau. Was beiden nur zupass kam, weil sie sich ohnehin nie haben ausstehen können. Aber das geschieht ihm recht. Er wollte sie ja unbedingt haben, unsere Lisa. Und das, obwohl ich ihn eindringlich davor gewarnt hätte, wenn er mich denn gefragt hätte. Wie heißt es so schön: Wer nicht hören will, muss fühlen!

Neben dem wortkargen Priester – was sollte er schon großartig über jemanden sagen, der zu Lebzeiten jede Gelegenheit genutzt hat, ihn als *heuchlerischen Pharisäer in schwarzer Tuntentracht* zu beschimpfen? – hat sich noch eine andere Frau vor dem Grab eingefunden. Im Gegensatz zu Lisa ist sie noch blond, jung und bemerkenswert hübsch. Ich kenne sie nicht. Aber sie erinnert mich an jemanden.

Vielleicht sind es ihre Augen oder dieser Blick, die mir auf unerklärliche Weise vertraut vorkommen? Lange durchsuche ich mein Gedächtnis nach Spuren einer Erinnerung. Wer könnte sie sein, diese anmutige Erscheinung, die so zart wirkt wie eine edle Komposition erlesenes Gemüse, überzogen mit feingeschmolzener Kräuterbutter? Eine meiner Gespielinnen vielleicht? Wohl kaum. Keine, mit der ich je ins Bett gegangen bin, besaß annähernd diesen Liebreiz wie sie. Ich habe ein Leben lang nur mit fader Rohkost verkehrt.

Mir will einfach nicht einfallen, woher ich sie kenne, diese Frau. Und viel weniger kann ich verstehen, warum sie sich überhaupt die Mühe gemacht hat, zu meiner Beerdigung zu kommen.

Eingehend studiere ich ihre Gesichtszüge und wie sie teilnahmslos an meinem Grab steht. Im Gegensatz zu Lisa täuscht die stille Schöne keinerlei Gefühle vor. Nahezu desinteressiert schaut sie den Totengräbern dabei zu, wie sie den Sarg ruppig in das frisch ausgegrabene Loch herunterfahren lassen. Mit derselben Gleichgültigkeit beobachtet sie, wie die aufgeschüttete Erde anschließend über die hellbraune Holzkiste geschaufelt wird, bis sie vollends unter einer pechschwarzen Schicht verschwunden ist.

Sie könnte im Alter meiner Tochter sein. Wie ein Blitz durchfährt mich dieser Gedanke auf einmal und völlig unerwartet. Marcella! Wie lange habe ich nicht an sie gedacht? Habe ich das überhaupt jemals? Wahrscheinlich nicht, sonst müsste ich mir heute nicht eingestehen, dass ich noch nicht einmal die geringste Ahnung davon habe, wie alt sie sein könnte.

Sie war noch ein kleines Mädchen, als ich sie und ihre Mutter verließ. Vier Jahre Ehe hatte ich da bereits hinter mir. Besser gesagt: vier Jahre Knast ohne Bewährung. Wenn es nach Adele gegangen wäre, da bin ich mir sicher, wäre daraus ein Lebenslänglich mit anschließender Sicherheitsverwahrung geworden. Ich aber nutzte die

Gunst der Stunde, als Adele wieder einmal mit Marcella für ein paar Stunden in die Stadt fuhr, um Einkäufe zu erledigen. Was übersetzt nichts anderes hieß als: Sie machten sich auf zu einem Geldvernichtungs-Marathon. Alles, was ich mühsam erwirtschaftet hatte, gab meine Ex-Frau innerhalb weniger Minuten wieder aus. Sie war eine wahre Meisterin darin. Begnadet, wie nur talentierte Künstler das sind. Mit derselben Emphase, wie ein Dichter immerzu nach passenden Wörtern sucht, so stöberte Adele in Geschäften stets nach geeigneten Kleidern, Schuhen, Schmuck. Unsere Schränke drohten irgendwann unter der Last der gewaltigen Massen zusammenzubrechen. Für Adele war das jedoch kein Grund zur Sorge. Sie kümmerte es kaum. Statt sich einzuschränken oder auszumisten, bestellte sie einen weiteren Schrank, den sie von einer überteuerten Lieferfirma in den Keller bringen ließ und den sie ebenfalls zustopfte wie man eine Weihnachtsgans mit unnützem Gemüse befüllt. Erwähnte ich eigentlich, dass ich jede Art von Gemüse hasse? Ist so! Dasselbe gilt für Obst. Und ja, Salat auch. Aber der gehört, glaube ich ohnehin zur Gattung Gemüse. Für mich ist das allerdings ein Sonderfall, weil Salat roh ist und somit anders schmeckt als gekochtes Gemüse. Aber ich glaube, ich verzettele mich gerade.

Jedenfalls erstickte Adele jede Form von Kritik an sich oder ihrem Verhalten sofort im Keim.

»Ach, Du schon wieder. Hast immer was zu motzen, Du Arschloch. Du gönnst mir einfach überhaupt nichts. Noch nicht einmal die scheiß Butter vom Brot. Du geizkragiges Arschloch!«, pflegte sie stets jede Form von Beanstandung abzuwehren.

Mal ehrlich: Es war mir so was von scheißegal, ob Adele ihr Brot mit oder ohne Butter aß. Aber das konnte ich ihr schlecht sagen, wo sie sich schon mal bemüht hatte, in Sinnbildern mit mir zu reden.

Und so blieb dem Arschloch mit der Zeit nichts weiter übrig, als zu schweigen und anstandslos die Rechnungen zu begleichen, die uns nahezu täglich munter ins Haus flatterten.

Zwischendurch bemühte sich das Arschloch dennoch, um mögliche Erklärungsversuche für Adeles Nonsens-Einkäufe zu finden. Aufrichtig war ich daran interessiert, trotz aller wütender Aversion für ihr Verhalten, tatsächlich Verständnis aufzubringen. Ich wollte unbedingt nachvollziehen, wozu sie all dieser sinnwidrigen Anschaffungen bedurfte. Sigmund Freud, da bin ich mir sicher, hätte seine helle Freude an Adele gehabt. Auf seiner Couch liegend, hätte er in ihrem Gebaren vermutlich eine kompensatorische Kaufsucht erkannt. Meine Ex-Frau, so hätte seine Diagnose gewiss gelautet, habe eine ungestillte Sehnsucht nach Anerkennung und Liebe, die sie durch ihre pathologischen Einkäufe zu betäuben versuche. Eine wissenschaftlich fundierte These, die unbestreitbar den Zwang vieler Betroffener begreiflich macht. Nicht aber Adeles! Meine Ex-Frau, das steht für mich zweifelsfrei fest, agierte aus reiner Blödsinnigkeit! Sehnsucht nach Anerkennung und Liebe setzt nämlich einen gewissen Tiefsinn voraus. Und den besaß Adele ebenso wenig wie irgendwelche anderen subtilen Sehnsüchte. Meine Ex-Frau war alles, nur nicht sensibel oder feinfühlig. Sie war stattdessen rau und grob, so grob wie grobkörnige Hausmacher-Leberwurst! Und ja, die hasste ich auch. Leberwurst löste in mir Würgegefühle aus, weswegen ich sie nur einmal im Leben kostete und danach nie wieder anrührte. Ich frage mich, warum ich nicht auch von Adele die Finger gelassen, nachdem ich von ihr probiert hatte.

Wie einfältig meine Ex-Frau war, zeigte sich unter anderem in der krankhaften Art, wie sie ihre Schränke fütterte, beziehungsweise überfütterte. Sie benahm sich in dieser Hinsicht wie eine von blinder Dumpfheit angetriebene Mutter, die die Augen davor verschließt, dass ihre extrem übergewichtigen Kinder dringend einer radikalen Ernährungsumstellung bedürfen. Doch das hätte ein gewisses Maß an Selbstreflexion vorausgesetzt.

Stattdessen führte Adele ihnen weiter zwanghaft Nahrung zu. Und wie gewohnt ließ sie auch diesbezüglich nicht mit sich reden. Sie reagierte jedes Mal erbost, wenn ich dann und wann doch nochmal den zaghaften Versuch wagte, einen ihrer kleinen Schützlinge auf Diät zu setzen. Wie eine Löwenmutter bäumte sie sich dann vor mir auf.

»Wehe Dir, Du rührst irgendetwas aus einem der Schränke an. Dann bringe ich Dich um, du Arschloch!«, drohte sie mir mit geballter Faust. »Alles bleibt da, wo es ist. Hast Du mich verstanden, Du knausriger alter scheiß Sack!«

Knausrigkeit, nein das konnte sie mir wahrlich nicht vorwerfen. Tat sie aber. Höchstens Sparsamkeit. Aber das ist etwas völlig anderes. Für Adele war es jedoch einerlei. Ich hatte aber keine Lust, mit ihr um Begrifflichkeiten zu streiten. Also ließ ich sie einfach gewähren und beobachtete stillschweigend, wie all ihre neuen Kleider, alle ihre neuen Röcke und Hosen sang- und klanglos im Nirwana landeten, ohne jemals wieder daraus aufzutauchen. An Adele jedenfalls habe ich sie nie gesehen. Eine ausgebeulte Röhrenjeans abwechselnd mit einer schwarzen Stoffhose, kombiniert mit einer dunklen Bluse oder einem beigen Shirt, das sind die einzigen modischen Highlights, zu denen sich meine Ex-Frau während unserer trostlosen Ehe hatte hinreißen lassen. Mehr gab's nur an Feiertagen. Da wagte sich Adele sogar in eine türkisfarbene Cordhose. Weswegen ich begann, Feiertage zu hassen. Weil die türkisfarbene Hose zwei Nummern zu klein war, was jedem außer ihr sofort schmerzhaft ins Auge fiel, und auf grauenerregende Weise alle überflüssigen Pfunde nach oben presste. Und weil ich dieser Fleischrolle irgendwann ebenso überdrüssig wurde wie Adele, verließ ich sie, just in einem dieser Momente, als sie gerade dabei war, neues Fütterungsmaterial für ihre Schränke zu besorgen. Notdürftig packte ich einen Koffer und verließ fluchtartig unser Haus. Ja, sicher, ich gebe zu, dass das nicht die feine Art gewesen ist. Aber: niemand hat jemals behauptet, ich hätte Anstand. So blieb ich wenigstens meinem Stil treu.

Ich zog zunächst in ein Hotel, dann später in ein Apartment, ein möbliertes Zimmer. Den einzigen Schrank darin zertrümmerte ich noch am selben Abend und stellte dessen kümmerlichen Reste auf den Sperrmüll. Schränke waren mir zum unerträglichen Gräuel geworden. Sie anzuschauen, bedeutete, dem Antlitz des Bösen unverhohlen ins Auge blicken zu müssen. Also musste er unverzüglich raus, dieser Schrank, der im Übrigen Adeles Schränken so erschreckend ähnlich gewesen war. Was keine Leistung ist, weil ja eigentlich jeder Schrank stets aussieht wie ein Schrank! Jahrelang hortete ich angesichts dieser Erkenntnis alles nur in Kisten und Tüten, um ja keinen Schrank und infolge dessen auch keine Frau mehr ins Haus zu lassen.

Ich wende mich ab von der schönen Unbekannten, von meiner Schwester Lisa und von meinem Sarg.

Gedankenverloren gehe ich über den Friedhof. Der Himmel über mir ist ungetrübt, von bestechendem Glanz und überwältigender Schönheit. Ich tauche ein in den Strom duftender Farben und pastellhafter Töne, wiege mich im Rhythmus lieblicher Klänge.

Lange lasse ich mich in diesem Rausch planlosen Umherlaufens treiben. So lange, bis sich alles irgendwann in diffuser Schwerelosigkeit auflöst.

4.

» Was glauben Sie, wo wir hier sind?
In einer Pariser Confiserie?«

Das Kabüffchen ist voll. Eigentlich ist es überfüllt. Ich
sitze neben einer fettleibigen, stark schwitzenden Mitt-
vierzigerin.

Na, großartig!

Sie keucht und schnauft wie eine dampfende Lokomotive.

Auch das noch!

Ich drehe meinen Kopf in die andere Richtung, um ja
keinen einzigen Luftzug von der Dicken einatmen zu
müssen. Aber auch dieser Ausblick ist nicht sonderlich
verlockend, wenngleich bei Weitem nicht so abstoßend
wie das der Fetten. Ein älterer Mann, ich schätze ihn auf
ungefähr siebzig Jahre, thront zusammengeschrumpft auf
einem mickrigen Stuhl. Er trägt eine kleine Nickelbrille, die
ihn Intellektualität ausstrahlen lässt. Wahrscheinlich ist er
aber nur ein ganz gewöhnlicher Tölpel, der sich durch
eben jene Nickelbrille ganz bewusst den Habitus eines
Gebildeten verleihen möchte.

Auf aufgeblasene Blender trifft man wohl überall!

Das silberne Gestell mit den kugelrunden Gläsern, so
kultiviert es auch aussehen mag, lenkt jedoch nicht von
dem dümmlich wirkenden Blick und all den winzigen
uneleganten Äderchen auf der Nase des alten Mannes ab.
Es sind filigrane rote Fäden, die dem verworrenen Geäst
eines ausgetrockneten Bäumchens ähneln. Ein
unästhetisches Gebilde.

Es bleibt einem aber auch nichts erspart.

Wäre ich doch lieber mal zu einem Kardiologen
gegangen, statt zu meinem unterbelichteten Hausarzt, dann
wäre mir dies hier erspart geblieben. Zumindest hätte ich
einen Aufschub bekommen.

Unmittelbar vor mir steht eine ausgemergelte, große
Frau. Ihr Kehlkopf steht so weit hervor, dass ihr faltiger,

rotfleckiger Hals an den eines Puters erinnert. Und wenn ich sie mir so recht anschaue, dann hat auch ihr Gesicht sehr viel Ähnlichkeit mit dem des unschönen Vogels. So langsam kommen bei mir Zweifel auf.

Ist das die Voraussetzung? Fett? Dumm? Hässlich? Muss man all diese Kriterien erfüllen, um hier zu landen?, schießt es mir durch den Kopf. Mir ist unbehaglich zumute. Und ich? Erfülle ich womöglich alle drei?

Ich mag gar nicht weiter darüber nachdenken.

In dem kleinen Kämmerchen ist es unerträglich heiß. Nur zu gerne würde ich das winzige Fenster, das aussieht wie eine zu klein geratene Luke, öffnen, um ein wenig Luft hineinzulassen. Doch ich befürchte, sofort meinen Platz zu verlieren. Es stehen genügend andere herum, die keine Sekunde zögern würden, um sich umgehend auf meinen Stuhl zu setzen. Sie sind schließlich alle des langen Stehens müde. Erschöpft durch die endlose Warterei und die niederdrückende Hitze. In ihrer aller Augen ist deutlich die Gier nach einem Ruheplatz zu sehen. Mit unverhohlener Freimütigkeit stellen sie dieses unverblümte Verlangen zur Schau. In ihren Blicken fange ich unmissverständlich eine lüsterne Angriffslust auf. Die Atmosphäre atmet nach latenter Aggressivität.

Dachte, wenigstens hier ginge es friedlicher zu. So kann man sich täuschen.

Ich rieche den Dunst aufgestauter Ängste. Deutlich ist das Aroma beklommener Spannung zu spüren. In ihren Gesichtern spiegelt sich die klare Botschaft einer aufgeregten, kaum auszuhaltenden Unsicherheit wider. All diese Emotionen finden sich hier auf kleinstem Raum beisammen und umfangen mich. Schnüren mich auf unerfreuliche Weise ein. Mir ist schwindelig. Dieses Kabüffchen, es ist ein bedrückender Ort, an dem einem die furchterregende Nacktheit der Seele mit brachialer Gewalt entgegenschlägt.

Die Fettleibige, die mit verschränkten Armen vor der Brust neben mir sitzt, schwitzt und schnauft unentwegt. Matt und fahrig blickt sie um sich. Sie hat bestimmt Hunger, denke ich. Wie sollte es auch anders sein? Vor ihrem geistigen Auge zieht wahrscheinlich gerade eine warm duftende Hähnchenkeule mit einem Zentner Bratkartoffeln vorbei. Wie gerne würde sie jetzt zuschnappen? Und siehe da, sie leckt sich tatsächlich über die Lippen. Mir wird übel.

Nervös, weil hungrig und wegen Nahrungsmangel zutiefst frustriert, fährt sie sich durch die Haare. Sie liegen zerzaust und durchnässt wie ein Kranz um ihr kugelrundes Gesicht. An meinem Arm spüre ich ihren überhitzten Körper. Womit habe ich das nur verdient? Ich erwarte nicht ernsthaft eine Antwort darauf. Ich habe dennoch keine dumpfe Ahnung.

Warm und weich schmiegt sich der Körper der Fetten an mich. Widerlich! Unabschüttelbarer Ekel, ist das nur ein kleiner Vorgeschmack auf das, was noch kommen wird? Sozusagen das Vorspiel? Zu befürchten ist das. Ich versuche, den Hautkontakt zu vermeiden. Doch ganz gleichgültig, wie sehr ich mich drehe und winde, mein Arm und der Körper der Fetten bleiben eins. Wäre das nicht schon Strafe genug? Festgepresst an eine unansehnlich keuchende Lokomotive. Wahrscheinlich nicht. Es gibt immer eine Steigerung des Schrecklichen! Erst jetzt, nein, gerade dadurch, durch die Wärme der Dicken, wird mir schlagartig bewusst, dass wir alle noch Materie sind. Wir stecken immer noch weiter fest in unseren toten Körpern. Wie kann das sein? Hieß es nicht immer, dass die Seele unverzüglich auf Reisen geht, sobald das Herz aufhört zu schlagen? Alles nur Ammenmärchen? Erfunden von Lebenden, die keinerlei Ahnung vom Danach haben? Wie sollten diese Idioten das auch? Und habe ich nicht selbst mit eigenen Augen gesehen, wie mein Leichnam beerdigt worden ist? Eingepfercht in einen freudlosen Sarg. Überschüttet von tonnenschweren Erdmassen? Ich schaue an mir herunter. Betaste meinen Oberarm, meine Schenkel, mein Bein. Meine sterbliche Hülle, sie ist nicht sterblich. Sie scheint gar unsterblich. Ich bin noch Mensch! Auf gewisse Weise jedenfalls bin ich das weiterhin. Angesichts dieser verwirrenden Erkenntnis werde ich von einer würgenden Verzweiflung und Hilflosigkeit gepackt. In meinem Innern breitet sich eine gespenstische Leere aus. Sie wiegt bleiern, diese seelische Einöde, und zugleich macht sie das Gehirn so unbekümmert leicht: Ich gerate auf einmal in einen Zustand gleichmütiger Kopflosigkeit. Alle Gedanken entheben sich auf einmal ihrer Schwere. Wie schön, dass wenigstens dieser Mechanismus funktioniert. Der Mensch kann Schmerz und Leid eben nur bis zu einem gewissen Grad ertragen. Alles, was darüber hinausgeht, ist einfach zu viel. So oder so ähnlich steht es auch im Werther. Dass gerade der mir jetzt in den Sinn kommt!

Die Hitze der Dicken hat sich derweil so eindringlich auf mich übertragen, dass auch ich allmählich beginne zu schwitzen. Schweißperlen fließen erst langsam, dann immer schneller von meiner Stirn über mein Gesicht und versickern in meinem nasskalten Kragen. Vor meinen Augen flimmert es. Mein Blutzuckerspiegel sinkt minütlich. Mittlerweile schwitze ich wie ein Schwein. Wenn das so weiter geht, löse ich mich auf, befürchte ich. Gemeinsam mit der Fettleibigen verschmelzen wir dann zu Schweißsud. Zu einer schweren, trüben Brühe. Bei dem Gedanken schüttelt es mich.

»Nun machen Sie sich mal nicht so breit, Herr Gott nochmal«, fahre ich die Dicke an. »Rücken Sie mir doch nicht so auf den Leib, verdammt!«

Der bebrillte Alte fühlt sich sofort animiert, sich einzumischen.

»Haben Sie gar keinen Anstand? Wie wäre es mal mit einem höflichen Bitte?«

Ja, ja! Anstand und Höflichkeit. Gleich kommt er mir noch mit Nächstenliebe, Loyalität und Moral – das sind reine Zivilisationserfindungen. Der Neandertaler hat sich zu keinem Zeitpunkt seines kurzen Lebens über so etwas Gedanken machen müssen. Wäre er nämlich loyal, anständig und selbstlos gewesen, hätte er die Steinzeit keine drei Tage überlebt. In unserer Gesellschaft hingegen werden selbst gestresste Hamster zum Seelenklempner geschleppt, wenn sie es mal wagen, ihren Artgenossen ganz unanständig das Futter aus dem Napf zu stehlen.

Meine trockene Kehle verlangt nach etwas Flüssigem. Am besten sollte darin mindestens ein halber Zentner Zucker enthalten sein wie der Orangensaft etwa, den ich für solche Fälle immer im Kühlschrank bereit stehen habe. Meine Spezialmischung aus frisch gepressten Orangen und sechs Löffeln Honig. Oder ein Stück Traubenzucker, den ich immer einstecke, sobald ich das Haus verlasse. Für den Notfall. Doch dieses Mal scheine ich es vergessen zu haben. Meine Hosentaschen sind leer. Ich taste sie mehrfach ab, in der Hoffnung, wenigstens einen winzigen Krümel zu finden.

Während ich noch suche, öffnet sich eine Tür. Endlich tut sich etwas. Wurde auch mal endlich Zeit. Länger hätte ich es nicht mehr ausgehalten, dieses dumpfe Sitzen und dieses Dreinblicken in die Antlitze erschreckend abstoßender Mitinsassen. Wie die Tür sich öffnet, das sehe ich nicht, ich höre lediglich das Geräusch einer laut aufgehenden Tür. Zu viele Menschen stehen wie eine Wand vor mir und versperren die Sicht auf das andere Ende des Kabüffchens. Für einen Moment ist es still im Raum. Selbst die schwirrende Luft hält für einen Augenblick den Atem an.

»Albert Friedberg, bitte!«, ertönt eine helle Stimme hinter der Menschenwand.

Ich schrecke auf. Meinen Namen zu hören, damit habe ich nicht gerechnet. Mein Herz hüpft aufgeregt hin und her. O mein Gott, was ist nur aus mir geworden: Aufschrecken! Angst! Hüpfendes Herz! Fehlt nur noch, dass ich vor Freude heule.

Der Blutzuckerspiegel ist mittlerweile so tief gesunken, dass meine Knie zittern. Langsam erhebe ich mich. Ich stehe auf wackligen Beinen. In Zeitlupe, so wie eine Eule, hat die Fettleibige ihren halslosen Kopf zu mir herüber gedreht. Sie sieht mich mit weit geöffneten und nichts sagenden Augen an. Ihr Blick, mein Blutzuckerspiegel und die Hitze zerren an meinen Nerven.

»Glotzen Sie mich gefälligst nicht so an«, raunze ich der Dicken zu. »So weit kommt's noch, dass ich mich hier anstarren lassen muss und dann auch noch von einer Dicken dazu ... Menschenskinder!« Ich gebe zu, dass das eine mit dem anderen nichts zu tun hat, aber es tut einfach gut zu motzen. Endlich mal wieder Dampf ablassen. Und der bebrillte Mann schüttelte nur noch mit dem Kopf.

Ohne auf ihre Reaktion zu achten, drehe ich ihr den Rücken zu und nähere mich schimpfend der Menschenwand. Erst als ich kurz vor ihr stehe, teilt sie sich und ich sehe erstmals die schwere Tür. Ein kleiner Mann steht ungeduldig am Türrahmen. Ich verstumme. Der Mann trägt einen schwarzen Anzug.

Irgendetwas an ihm missfällt mir. Ich schaue ihn mir an. Jetzt sehe ich es. Was mich an ihm stört, ist die auffällige extravagante Fliege, die er um seinen unattraktiven, schmalen Hals trägt. Dieses dunkelgraue Schleifchen wirkt wie ein Fremdkörper. Es durchbricht die Eleganz, die der kleine Mann ausstrahlen könnte, wenn er dieses seltsame Konstrukt um den Hals nicht hätte. Es verleiht ihm etwas Überzogenes. So hätte ich eine meiner Romanfiguren überzeichnet, wenn ich sie bewusst ins Lächerliche hätte ziehen wollen. Er hingegen scheint sie mit Stolz zu tragen, diese ausladende Fliege, die bei genauerem Hinsehen gar keine gewöhnliche Fliege ist. Die Fliege ist nämlich ein Nachtfalter, ein ziemlich großer dazu. Ich erkenne es nur, weil er gelegentlich seine Flügel ausbreitet und ein paar Mal damit hin und her schwingt. Zwei, drei Mal, dann erstarrt er und sieht erneut wie eine handelsübliche Fliege aus. Der kleine Mann trägt sie mit Hochmut, das schließe ich aus der Art, wie er sich unaufhörlich an ihr zu schaffen macht. Unentwegt justiert er sie, zupft an ihr oder streichelt mit dem Zeigefinger sanft über sie entlang. Mir könnte das gleichgültig sein, was er damit anstellt. Ist es aber nicht. Hab mich schon immer an Nebensächlichkeiten aufgerieben. Und außerdem frage ich mich ernsthaft, warum eine um den Hals gebundene Motte jemanden mit Stolz erfüllen kann.

»Dir kann's doch scheißegal sein, wie ich die Gabel zum Mund führe. Ob ich sie schwinge oder drehe oder sie mir einfach rein schaufle wie ein Bagger. Du Arschloch machst mich damit bekloppt. Kümmerst Dich um nichts, aber so eine Scheiße fällt Dir auf«, pflegte Adele stets zu schreien, jedesmal, wenn ich sie sanft auf ihr unerfreuliches Gabelgebaren aufmerksam machte. Das zum Thema Nebensächlichkeiten. Ja, Adele hatte Recht! Sie interessierte mich nicht im Geringsten, aber die Art, wie sie die Gabel zu ihrem Mund führte, die ließ mich jegliche Kontrolle über mich verlieren. Und dagegen hätte auch Yoga nichts ausrichten können. Das einzige, was half: getrenntes Essen. Ich nahm meine Mahlzeiten regelmäßig eine halbe Stunde nach oder vor Adele ein. So einfach lassen sich manchmal Konflikte lösen.

Ich starre die Fliege des kleinen Mannes an und werde nervös. Es kribbelt in meinen Händen. Ich beobachte, wie sie von ihm zurechtgerückt wird. In meinen Fingern juckt es. Gerne würde ich sie ihm vom Hals reißen. Ganz schnell und ruppig: Ratsch, wäre sie weg. Ah! Das würde mir jetzt gut tun. Ich muss verrückt sein, sage ich mir, mir überhaupt Gedanken über diese blöde Fliege zu machen. Der kleine Mann soll mich jetzt nur noch schleunigst von hier weg bringen, denke ich. Aber stattdessen fingert er immer noch an seinem Hals herum, und während er das fortwährend macht, hängt die andere Hand, in der er ein großes Blatt Papier und einen Kugelschreiber hält, leger herunter. Das Abtasten der Fliege nimmt einige Sekunden, die mir allerdings wie eine Ewigkeit vorkommen, in Anspruch. Erst nach einer Weile lässt er endlich von ihr ab. Und erst dann scheint er sich wieder des Blattes Papiers in seiner anderen Hand zu entsinnen.

Wenn das in diesem Tempo weitergeht, geht mir gleich die Hutschnur hoch. Lange kann ich mich nicht mehr in Geduld üben. Das ist schon einmal sicher.

Gemächlich holt der kleine Mann das Blatt vor und fährt mit dem Stift stockend darüber. Es ist eine Liste mit vielen Namen darauf und dahinter einzelne oder mehrere Großbuchstaben, das kann ich auf den ersten Blick gleich erkennen; mal ein NT, F, M oder MSOR. Der kleine Mann geht die Namen einzeln durch. Schleppend arbeitet er die Liste ab. Hinter den ersten hat er bereits Häkchen gezeichnet. Irgendwann in der Mitte des Blattes hören die Häkchen auf. Da sind nur noch Namen ohne Häkchen, nur mit Buchstaben.

»Albert Friedberg?«

Hinter meinem Namen steht ein F.

Der kleine Mann schaut kurz und träge zu mir auf. Ich glaube in seinem Blick eine gewisse Feindseligkeit zu erkennen. Was mich nicht im Geringsten wundert. Mir ist schon immer und überall Feindseligkeit entgegengeschlagen. Alle zeigten sie mir stets unverhohlen. Woran das wohl gelegen haben mag? Es erschließt sich mir einfach nicht.

Als ob er nicht wüsste, dass ich Albert Friedberg bin. Ich spiele dennoch mit und nicke. Wäre doch dumm, sich sogleich in die Nesseln zu setzen. Dann bliebe ich womöglich für immer in diesem Kabüffchen. Also brav abnicken. Ja, hier wird man sehr schnell zum Kuscher.

Er setzt den Kugelschreiber bedächtig an und macht, wie mir scheint, mit übertriebener Theatralik einen übertrieben großen Haken hinter meinen Namen, um mich dann mit übertriebener Eindringlichkeit anzuschauen. Borniertе Showmaker gibt's wohl überall.

»So, mein Freund, dann wollen wir mal«, fordert er mich lakonisch auf.

Freund hat er mich genannt. Sicher, es ist nur eine leere Redehülse. Dennoch berührt sie mich befremdlich. Ein Wort, das ich lange nicht mehr gehört habe, geschweige denn benutzt. Warum hätte ich auch? Freundschaft, gibt es sie überhaupt, frage ich mich in diesem Moment. Ja, es gibt sie: im Roman. Bestenfalls. Ja, auch in meinen. Aber sonst? Ich kann mich an keinen einzigen verschissenen Freund erinnern. Aber an jede Menge Heuchler, Schmarotzer, Arschlecker. Die könnte ich sogar alle namentlich nennen. So ein gutes Gedächtnis habe ich. Aber an einen Freund? Selbst der gute alte Arnim nicht. 25 Jahre kannte ich ihn. Die längste, ich nenne sie mal, Verbindung, die ich je hatte. Wir waren jedoch vielmehr eine Zweckgemeinschaft. Aber Freund? Davon war er so weit entfernt wie ein Delfin von der Wüste! Ebenso wenig, wie ich nie irgendjemandem ein Freund gewesen bin. Bis auf ein einziges Mal.

»Na dann machen Sie mal schneller, wir haben hier nicht den ganzen Tag Zeit. Sie sehen ja, was hier los ist! Also Tempo! Zack, zack, zack!«, reißt mich der kleine Mann aus meinen Gedanken.

Woher auf einmal diese aufgesetzte Eile? Hat der gute Mann vergessen, dass ich an einem Infarkt starb, mein Herz demnach Schonung braucht? Und vor allem: warum sollte ich mich hetzen? Oder will er mich einfach nur irritieren? Verunsichern? Mit umtriebiger Apathie? Dass das Leben sich oftmals als sonderbar widersprüchlich darbietet, das ist mir nichts Neues. Aber dass selbst dieser unverortete Platz in Widersprüchlichkeit ertrinkt, das versetzt mich doch in Erstaunen. Flugs dreht mir der kleine Mann den Rücken zu und deutet mir mit seiner freien Hand, einer inzwischen hektisch winkenden, ihm zu folgen. Fängt ja gut an.

Widerstrebend schleppe ich meinen Körper wie eine schwere Last hinter ihm her. Der kleine Mann wirft die Tür mit einem großen Knall hinter uns zu. Er wirkt mittlerweile sogar in größter Eile. Hektisch strampelt er vor mir her. Da verstehe einer die Welt! Es fällt mir schwer, mit ihm Schritt zu halten. Obwohl er wesentlich kleiner ist als ich, sind seine grazilen Beinchen um einiges schneller. Woher er bloß diese Energie nimmt, frage ich mich. Wir machen Halt vor einer großen Wand mit Türen. Auf jeder stehen ein oder zwei schmucklose Buchstaben – dieselben wie auf der Liste.

»Nun kommen Sie endlich«, sagt der kleine Mann und zieht mich hinein durch die Tür mit dem großen Buchstaben F.

Wortlos gehe ich ihm nach und finde mich in einem großen loftähnlichen Zimmer wieder. Die Luft ist sichtbar. Sie ist nicht *nicht* wahrnehmbar, so wie man es kennt, sondern schimmert bläulich. Man könnte nach ihr greifen, wenn man denn wollte. Ich will aber nicht. Ich wundere mich noch nicht einmal. Darüber allerdings schon. Im Loft sind alle Wände kahl. Kein einziger Farbtupfer. Kein Rot, Blau, Gelb oder Grün. Alles ist hell, stechend hell gehalten. Der crèmefarbene Boden beißt sich mit dem kalten Weiß der feinstrukturierten Tapeten. Es wirkt so, als ob eigens ein Architekt damit beauftragt worden wäre, eine atmosphärische Disharmonie herzustellen. Wenn dem so ist, dann ist er ein Meister seines Fachs. Nichts scheint hier im Einklang miteinander stehen zu wollen. Aber vielleicht liegt ja gerade darin das Kunstvolle? Vielleicht ist ja das die Intention? Sich ausschließende, gegenseitig abweisende Elemente miteinander zu kombinieren, um eine ganz eigenwillige, kapriziöse Ästhetik zu erzeugen? Ich weiß es nicht. Wie sollte ich auch? Mein Sinn für Kunst war nie besonders ausgeprägt. Eigentlich war er nie vorhanden. Ich konnte mich nie großartig begeistern für irgendwelche Plastiken oder Skulpturen, die in irgendwelchen Museen ausgestellt werden wie heilige Reliquien. In meinen Augen waren sie nichts weiter als seelenloser, unnützer Nonsens, geformt aus einem Haufen kaltem Kunststoff. Nein, das war für mich nie Kunst. Ebenso wenig, wie ich nun die helle Marmortreppe, der ich gerade ansichtig werde, nichts anmutend Schönes oder Kunstvolles abgewinnen kann. Zweifellos setzt sie sich von gewöhnlichen Wendeltreppen ab, die ich bislang gesehen habe. Sicher, sie ist von bestechendem Glanz. Sie funkelt nahezu, so edel weiß und sauber ist sie. Mit geschwungenen Treppenabsätzen führt sie hinunter in den unteren Bereich des Raumes. Aber Kunst? Treppe ist Treppe, sage ich mir. Damit kann man mich nur schwer beeindrucken.

»Kommen Sie!«, fordert mich der kleine Mann unwirsch auf, um flinken Schrittes die Marmortreppe hinunterzugleiten. So unterzuckert, wie ich inzwischen bin, fällt es mir jedoch zunehmend schwerer, das Gleichgewicht zu halten. Geschweige denn, Treppen zu steigen. Ich stütze mich mühselig an der Wand ab.

Der kleine Mann bleibt stehen und wirft mir einen irritierten Blick zu.

»Geht es Ihnen nicht gut?«

»Wie hellsichtig das Arschloch doch ist«, sage ich leise vor mich hin. Vielleicht habe ich aber nur laut gedacht.

Ich lecke mir über die fransigen Lippen. Vor meinen Augen flimmert es wüst. Und das liegt nicht an der bläulich schimmernden Luft. Unbeholfen nestele ich an meinen nassgeschwitzten Haaren herum.

»Nein, nein, ich bin nur schrecklich unterzuckert«, stoße ich gequält hervor.

Selbst das Sprechen verlangt mir viel Kraft ab. Das ist immer so bei mir: Ist der Blutzucker einmal im Keller, bin ich schlapp und kraftlos wie ein nasser Sack.

»Haben Sie vielleicht ein Stückchen Schokolade oder eine kleine Praline? Ich brauche das jetzt unbedingt, sonst ...«, sage ich, mittlerweile schnellatmig.

Den Satz kann ich jedoch nicht mehr beenden. Trocken

und staubig fühlt sich mein Mund an.

Der kleine Mann hält kurz inne. Er lächelt mich an. Es ist kein freundliches Lächeln.

»Was glauben Sie, wo wir hier sind? In einer Pariser Confiserie?«, antwortet er kaltschnäuzig.

»Im Jenseits gibt es keine Pralinen!«

*

Marcella und Lisa

»Sind Sie die Tochter des Verstorbenen?«

Marcella verstummt augenblicklich angesichts dieser Frage, die überraschend über sie einbricht. Wortlos steht sie vor dem Priester, der sich ihr zwischen drei lieblos vorgetragenen Gebeten als Pfarrer Hanenberg vorgestellt hat. Als Tochter des Verstorbenen bezeichnet zu werden, damit hat sie einfach nicht gerechnet. Das hat sie regelrecht verschreckt. Eigentlich mehr als das. Denn es klingt in ihren Ohren nicht nur fremd, sondern geradezu unpassend.

»Tochter! Ist sie Tochter? Seine Tochter?«, fragt sie sich unentwegt, während der Priester mit einem ungeduldig bohrenden Blick immer noch auf einer Antwort besteht.

Sie war so lange nicht Tochter. Zumindest seine nicht. 23 Jahre lang. Und an die dreieinhalb Jahre, in denen sie es gewesen war, kann sie sich noch nicht einmal mehr erinnern. Trotzdem steht sie hier. Vor diesem Grab, diesem Sarg, in dem der Körper dieses Mannes liegt. Albert Friedbergs Grab.

Albert Friedberg ist gestorben! Immerzu muss sie sich das vor Augen führen. Wie komisch, denkt sie, wo er doch eigentlich nie gelebt hat. Für sie jedenfalls hat er das nicht. Sie zuckt mit den Schultern.

»Ich weiß es nicht so recht«, sagt Marcella nach einer Weile zum Priester, der nun ebenso irritiert wirkt wie sie selbst.

Weil er mit einem eindeutigen Ja oder Nein gerechnet hatte und nicht mit einer Antwort, die in seinen Ohren schamlos klingen mag, weil Marcella – das ist deutlich an seinem verdutzten Gesicht abzulesen – damit die Integrität ihrer Mutter in Zweifel gezogen hat. Promiskuität wird er aus ihren Worten ebenso herausgehört haben wie einen ungenierten Lebenswandel. Verlegen fingert er an seiner bodenlangen schwarzen Soutane herum.

»Ja, das ist natürlich ... Jedenfalls tut es mir Leid. Ja, das tut es! Mein aufrichtiges Beileid.«

Marcella ist sich sicher, dass seine Beileidsbekundungen nicht ihren vermeintlichen Verlust betreffen. Sicher ist sie sich auch darüber, dass er eine unverhohlene Abneigung für Albert Friedberg empfunden haben muss. Die gesamte Körpersprache des Pfarrers drückt das aus. Ganz zu schweigen von seinem Gesichtsausdruck, als der Sarg auf Nimmerwiedersehen in das frisch ausgehobene Loch verschwunden war: Unverblümt hatte sich ein Hauch freudiger Erleichterung über sein Antlitz gelegt.

Von ausgelassener Fröhlichkeit zeigt er sich auch dann, als er den Friedhof flinken Schrittes verlassen kann. Hastig schüttelt er noch ihre und Lisas Hand, um so schnell wie möglich wie ein fahnenflüchtiger Soldat davonzueilen. Die beiden Frauen sehen ihm noch eine ganze Weile nach, wie er davonflattert in seiner pechschwarzen Soutane. Sie klingt wie der hektische Flügelschlag eines gealterten Raben.

»Mir wird allmählich ganz schön kalt. Komm, lass uns gehen. Ich könnte jetzt einen starken Kaffee vertragen«, flüstert Marcella heiser zu Lisa.

Lisa legt ihren Arm und ihre Schulter und sie machen sich langsam auf den Weg. Schweigend gehen sie die kleinen Pfade entlang. Vorbei an unzähligen Gräbern, verziert mit kleinen Kerzen, mit filigran bemalten Vasen und langstieligen Rosen, deren aufdringlicher Geruch ihr Übelkeit verursacht.

»Wir haben ihm noch nicht einmal eine Blume oder Pflanze mitgebracht«, fällt Marcella an der Friedhofspforte ein.

Sie bleibt stehen und schaut Lisa an.

Lisa aber fordert sie wortlos auf, weiter zu gehen. Sanft zieht sie Marcella hinter sich her. Sie leistet keinen Widerstand.

»Albert hasste jegliche Art von Grünzeug«, erwidert Lisa lakonisch. Und nach einer kleinen Pause: »So wie er eigentlich alles hasste.«

Marcella nickt. Obwohl sie nicht viel von ihm weiß, weiß sie doch, dass seine herausragendste Charaktereigenschaft die des Hassens war.

»Keiner konnte so ausnahmslos und exzessiv hassen wie Dein Erzeuger.« Das waren die Worte ihrer Mutter, die sie ihr im Laufe der Jahre immer wieder wie ein leidlich auswendig gelerntes Gebet vortrug. Und dann hatte die Mutter ebenso lieblos hinzugefügt:

»Er hasste einfach alles, Dein Erzeuger – sogar die Luft zum Atmen. Die war ihm zu Hause stets zu stickig. Weswegen er oft stundenlang gelüftet hat, selbst im tiefsten Winter. Da saßen wir oftmals im Mantel auf der Couch, bibbernd vor Kälte. Was wiederum idiotisch war, weil ihm die Luft von draußen eigentlich auch nie gut genug war. Sie sei schließlich lebensgefährlich verschmutzt, behauptete er. Verpestet von zu viel Smog! Aber wehe, wir fuhren mal aufs Land hinaus. Da meckerte er ununterbrochen, weil die reine Luft ihn müde und träge machte. Am liebsten hätte ich ihn in einen luftleeren Raum gesteckt. Da wäre er wenigstens erstickt!«

Schweigend verlassen Marcella und Lisa den Friedhof in Richtung Café. Die Worte ihrer Mutter hallen in ihr nach. Sie sieht sie immer noch vor ihr. Wie sie über ihn spricht. Mit einem sonderbaren Ausdruck in den Augen, den Marcella sonst nicht von ihr kennt. Es ist ein abwesender, kein kalter, sondern ein durchaus melancholischer Blick, der in der Vergangenheit verschwindet und dennoch so beklemmend präsent wirkt. »Dein Erzeuger.« So hat sie ihn stets bezeichnet. Nie »Dein Vater« oder einfach nur »Albert«, immer nur »Dein Erzeuger«.

»Dein Erzeuger hat Glück gehabt, dass er rechtzeitig gegangen ist. Sonst hätte ich ihm sicherlich eines Tages den Sauerstoffhahn eigenhändig zugedreht.«

Nicht selten endeten die Tiraden der Mutter gegen ihren Erzeuger damit, dass sie unverhohlen zugab, ihn umbringen zu wollen.

Ihre Mutter als potenzielle Mörderin ihres, wenn auch nicht gerade geliebten, Vaters – diese Vorstellung hat ihr als Kind nicht immer behagt. Nicht wegen ihres Erzeugers, sondern weil ihr der Gedanke daran, ihre Mutter in Zukunft nur noch im Gefängnis besuchen zu müssen, schwer zusetzte. Und so war Marcella erleichtert, dass sich die Mutter doch gegen ein Kapitalverbrechen und der Erzeuger stattdessen für eine weniger Aufsehen erregende Trennung entschieden hatte.

»Ich glaube, er war ein richtiger Mistkerl«, sagt Marcella zu Lisa, als sie das Café erreicht haben und nach einem warmen Platz Ausschau halten.

»Nein, das war er nicht«, entgegnet ihr Lisa lapidar. »Eine arme Sau! Das trifft es besser.«

5.
Wenn das Jenseits den Blutzuckerspiegel senkt

Beim Wort Jenseits, vom kleinen Mann laut und unschön in den sterilen Raum hinausgestoßen, vergeht mir augenblicklich alles – und erst recht der Appetit auf Süßes.

»Im Jenseits gibt's keine Pralinen!« Nahezu ausdruckslos hat er diesen einen Satz ausgesprochen.

Diese scheinbare und noch äußerst miserable zur Schau gestellte Gleichgültigkeit ist jedoch, davon bin ich fest überzeugt, alles andere als willkürlich. Es ist vielmehr eine klug eingesetzte Ungerührtheit, die wie eine scharfe Waffe auf mich gerichtet ist, damit ich mich ja nicht zu irgendwelchen emotionalen Aufwallungen hinreißen lasse. Eins steht fest: Im Jenseits gibt's keine Pralinen! Verschlagenheit dafür um so mehr!

Die Lust auf Schokolade jedenfalls hat sich schlagartig eingestellt. Das Wort Jenseits hat sich auf meinen Blutzuckerspiegel ebenso ausgewirkt wie Konfekt. Besser noch. Ich spüre nichts: keine wackligen Beine, keinen fransigen Mund, kein aufgeregtes Herzrasen. Einfach nichts. Mein Körper hat sich auf wundersame Weise erholt. Hätte ich das doch früher schon gewusst! Zu dumm, dass das in keinem medizinischen Lehrbuch steht. Mein Hausarzt scheint davon nichts gewusst zu haben. Aber der weiß ja noch nicht einmal, dass es so etwas wie das Jenseits überhaupt gibt.

»Tot ist tot, Herr Frielberger. Danach kommt das Nichts! Nur das Hier und Jetzt zählt.« Das war eines seiner Lieblingssprüche, wenn es darum ging, mich zu einem gesünderen Lebenswandel zu motivieren.

So eine verblödete Pissbirne!

»Jenseits!« In meinem Kopf wiederhole ich es immerzu. »Jenseits!«

Es ist ein simples Wort, das nicht nur wie eine Blutzucker senkende Arznei funktioniert, sondern auch die

Gnadenlosigkeit eines scharfen Schwertes besitzt.

»Jenseits!«

Dieses unerfreuliche Wort nistet sich in meinem betäubten Gehirn ein. Legt es sozusagen lahm. Nicht, dass ich je der Schnellste unter den Kopfakrobaten gewesen wäre. Aber in dieser Situation, da bin ich ohne Zweifel unter den Denkbehinderten der Behindertste. Und auch körperlich machen sich allmählich eindeutige Symptome eines Totalausfalls bemerkbar: Mir ist so, als ob die Luftröhre zuschwellen würde. Angesichts des Sauerstoffmangels bin ich kurz davor, in Panik zu geraten. Aber sehr schnell fällt es mir wieder ein:

»Was mache ich mir nur für Sorgen? Was ist das Schlimmste, was jetzt noch passieren kann? Dass ich sterbe?«

Ich lache bitter auf.

»Nun kommen Sie endlich!« Der kleine Mann rüttelt unsanft an mir und zieht mich die Treppe hinter sich her. Widerstandslos füge ich mich. Im Kopf immer noch nur das eine laut dröhnende Wort:

»Jenseits!«

Als wir den unteren Raum erreichen – wobei Raum zu viel gesagt wäre, es gleicht vielmehr einem lichtdurchfluteten Schlauch – fordert mich der kleine Mann auf, mich auf den stuhlähnlichen Gegenstand, er erinnert an ein kleines Lama, hinzusetzen. Ich habe Mühe, die richtige Position auf dem Lama zu finden. Dennoch gehorche ich und setze mich waschlappig hin. Denn was bin ich anderes, als ein waschlappiger Schlappschwanz, der einem hageren Männlein nahezu devot Folge leistet? Dass ich das noch erleben durfte. Ich, so unangenehm devot. Ich! Ich möchte nicht näher auf meine sexuelle Ausrichtung eingehen: ABER devot? Nein, das war ich bei Weitem nie. Wahrlich nicht. Aber lassen wir das jetzt lieber.

Der kleine Mann verschwindet hinter einem ausladenden, crèmefarbenen Schreibtisch, wo er auf einem ebenso ausladenden großen weißen Bürosessel Platz nimmt. Es ist ein bestechender und überdies kein besonders angenehmer Kontrast, der sich mir darbietet: er, der kleine Mann in seinem tiefdunklen matten Anzug auf dem hell schimmernden Sessel. Ich werde nahezu geblendet von dieser für meine Augen überdeutlichen, wahrnehmbaren Derbheit. An diesem Ort hatte ich vielmehr mit einer anmutigen farblichen Poesie gerechnet, die sich zusammensetzt aus zarten Pastelltönen, die fließend warm ineinander übergehen. Doch mit den Erwartungen ist es wie mit dem Surfen auf großen übermächtigen Wellen. Sind sie zu groß, peitschen sie dich nieder. So einfach ist das.

»Also fangen wir jetzt mal endlich an«, unterbricht der kleine Mann meinen Gedankenfluss. »Durch ihre Trödelei haben wir schon eine ganze Menge Zeit verloren.«

Ich wüsste nur zu gerne, wie er sich an seinem ersten Tag angestellt haben mag. Dem Tag, als er sich in dem stickigen Kabuff wiederfand, unmittelbar nach seinem Tod, um sich dann überraschenderweise im Jenseits wiederzufinden? Ob er da schon diesen albernen Anzug getragen hat? Vielleicht war er ja nie etwas anderes als tot und somit wäre ihm das Kabüffchen erspart geblieben. Fragen über Fragen.

Während der kleine Mann zu mir spricht, sieht er mich kein einziges Mal an. Blickkontakt ist eindeutig nicht seins. Das gefällt mir. Ich mag es auch nicht sonderlich. Stattdessen blättert er in seinen Unterlagen. Ich weiß nicht, woher er sie auf einmal hat. Ich schaue ihm zu. Wobei das weniger ein aktives Beobachten seiner Tätigkeit ist als ein leidenschaftsloses Wahrnehmen. Geistlos nehme ich zur Kenntnis, was sich gerade vor mir abspielt.

»Albert Friedberg. Männlich. Schriftsteller. Geboren am 3. April 1963. Gestorben am 24. Juni 2014. 51 Jahre irdischen Daseins abgeleistet. Geschieden. Eine Tochter. Beerdigt am 27. Juni 2014.« Emotionslos liest er das von einem seiner Blätter vor. Seine Stimme klingt dabei blechern wie die Ansage eines alten Anrufbeantworters.

»Stimmen die Daten, Herr Friedberg?« Energisch fordert er eine Antwort ein.

Ich nicke. Oder besteht die Möglichkeit eines Irrtums? Vielleicht sollte ich einfach leugnen. Behaupten, dass ich ein anderer bin. Dass man sich vertan hat. Was würde dann passieren?

»Also gut. Dann sind Sie nun offiziell registriert. Jetzt müssen Sie sich nur noch ein wenig gedulden! Ich kann Ihnen nicht sagen, wie lange das dauert. Sie haben ja gesehen, was hier los ist. Aber wir haben ja Zeit, nicht wahr?«

Gedulden? Warten? Worauf? Auf wen? Was passiert? Fragen, die nicht den Weg aus mir hinausfinden. Ich bin verstummt. Kann keinen Laut hervorbringen. Der kleine Mann steht auf. Greift nach meinem Arm, schiebt mich durch den Raum. Seine Fliege flattert aufgeregt. Willenlos lasse ich mich ziehen, bis wir vor einer Tür stehen.

»Nun gehen Sie mal eigenständig, Herr Gott nochmal!«, faucht er mich an. Unsanft bugsiert er mich dann durch die eisengeschmiedete Tür. Mit einem überlauten Knall schlägt er sie hinter mir zu. Das war's.

Ich bin allein.

6.
Erinnerungen sind wie Kampfhunde

Nun stehe ich da!

Hinter mir die verschlossene Tür, vor mir eine unbegrenzte Weite. Zurück kann ich nicht. Vorwärts will ich nicht. Eine dritte Möglichkeit erschließt sich mir nicht. Wenigstens hier hätte ich mit mehr Alternativen gerechnet. Aber geht es nicht immer nur darum, sich zwischen dem Entweder und dem Oder entscheiden zu müssen? Was also bleibt mir anderes übrig, als dem Pfad zu folgen, der sich mir in dieser verwaisten Umgebung als das einzig

Gegenständliche offenbart? Es ist ein langer, ebener Weg ohne erkennbares Ziel. Am Ende, was mag da wohl sein?, frage ich mich, ohne ernsthaft an einer Antwort interessiert zu sein. Es ist mir sogar vollkommen gleichgültig, was mich erwartet. Warum ich mir dann die Frage stelle? Das frage ich mich auch. Sachen gibt's.

»Der Weg ist das Ziel.« Dieser einfältige Spruch, den mein Vater stets bemühte, wenn ihm sonst nichts Besseres mehr einfiel, was nahezu stets der Fall war, blitzt in mir unerwartet auf. Dabei schaute er mich stets mit ausdruckslosem Blick an. Leer waren seine Augen auf mich gerichtet. Und ich versank in diesen unergründlich dunkelgrünen Tunneln, in der Hoffnung, darin etwas wie einen Sinn zu finden. Wie unnötig zu erwähnen, dass die Suche stets mit frustrierender Erfolgslosigkeit gekrönt wurde.

»Was für ein idiotischer Satz«, stelle ich fest. Kopfschüttelnd wiederhole ich ihn. Nicht, dass ich das nicht schon immer gewusst hätte, wie albern er ist, diese Aneinanderreihung von leeren Worthülsen. Aber in diesem Moment zwängt sich mir diese offensichtliche Geistlosigkeit des Gesagten mit brachialer Gewalt auf. Dabei bin ich mir nicht mehr ganz so sicher, worin die Dummheit genau liegt. Ist es die Oberflächlichkeit der Worte, an der ich mich gerade störe, oder ist es die völlige Unbedarftheit meines Vaters, der sich stets völlig zusammenhanglos zu dieser Plattitüde hatte hinreißen lassen, die mich auf unangenehme Weise erregt? Ja, erregt! Nicht sexuell erregt, sondern ausschließlich auf zornige Weise. Eine von Wut geladene Erregung ist es, die mich nun plagt. Und das wiederum löst eine verstörende Gemütswelle aus, weil ich nicht damit gerechnet habe, dass der Gedanke an meinen Vater erregende Gefühle – ausgerechnet hier – in mir hätte wecken können!

Aber im Grunde mag ich nun nicht mehr länger über den Weg, das Ziel und erst recht nicht mehr über meinen

Vater weiter grübeln. Wenn es nur nicht so schwer wäre, Gedanken, die sich überraschenderweise im Gehirn eingenistet haben, wieder loszuwerden. Mein Vater hat sich in meinem Kopf schneller ausgebreitet als ein Virus. Ein patriarchalischer Infekt sozusagen.

Vater – eine Krankheit, das ist für mich allerdings nichts Neues. Mutter hatte uns als Kinder stets vor diese unumstößliche Diagnose gestellt.

»Du machst mich krank, Theo!«, sagte sie nahezu immer, wenn sie meines Vaters ansichtig wurde.

»So wahnsinnig krank machst Du mich! Sobald ich Dich sehe, könnte ich kotzen. Und von Deiner Stimme bekomme ich Durchfall!«

Da wundert es nicht, dass Vater lange Zeit für mich nichts weiter war als ein Magen-Darm-Virus! Ich gebe freimütig zu, dass ich eine ganze Weile sogar Angst davor hatte, mich von ihm beziehungsweise mit ihm anstecken zu können. Weswegen ich jeglichen Körperkontakt zu ihm mied. Und wenn es trotz aller Vorsichtsmaßnahmen doch noch dazu kam, dann verschwand ich flugs im Bad. Wild an mir schrubbend, verbrachte ich dann meist Stunden damit, den väterlichen Virus von der Haut abzuwaschen. Ein Waschfetischist? Gibt es so etwas überhaupt? Die Psychoanalyse würde das sicherlich mit Zwangsneurotiker übersetzen. Mir ist's wurscht, wie es nun genau heißt. Ich weiß nur, dass mir von der Erinnerung an Vater und an die endlosen Schrubbrituale in unserem stickigen Bad gerade schlecht geworden ist.

Nicht weniger Übelkeit verursachend ist auch die Erinnerung an Mutter.

Regelrecht schwindelig ist mir bei dem Gedanken an sie und wie sie beim Anblick meines Vaters unweigerlich Würgegeräusche hervorstieß. Ich höre es noch heute deutlich in meinen Ohren, diesen gutturalen, halb verschluckten Ton.

»Uughrr ... Uughrrr ... Uughrrr«.

Dazu ihr halb geöffneter, angewiderter Mund und ihr Kehlkopf, der sich bei jedem lauter werdenden »Uughrr« unästhetisch von oben nach unten bewegte.

»Uughrr ... Uughrr ... Uughrrr«.

Nach dem dritten »Uughrr« verließ ich meist den Raum. Ich fürchtete andernfalls, sie tatsächlich kotzen zu sehen. Wenigstens das wollte ich mir ersparen. Und so entschwand ich, mit Vater im Schlepptau, in mein Zimmer, während uns Mutters »Uughrrr« mit aufdringlicher Beharrlichkeit nach draußen bugsierte. Es herrschte bei uns daheim ein solch intensiver verbaler Schlagabtausch, dass er sich oftmals wie Schläge anfühlte. Ich spürte nahezu jedes Wort, das meine Mutter aufpeitschend gegen meinen Vater richtete. Tag für Tag schwang sie sich zu solch einem Kräfte aufzehrenden Wortschwall auf. Da machte sie keinerlei Ausnahmen: ob werktags, Wochenende oder gar Feiertage – Mutter blieb sich stets treu. Ich hatte gar den Eindruck, dass sie sich für besondere Anlässe Besonderes einfallen ließ. So erinnere ich mich beispielsweise an einen Heiligabend, an dem bei uns die halbe Wohnzimmereinrichtung zertrümmert um den geschmückten Baum herum lag. Nur, weil mein Vater es versäumt hatte, rechtzeitig nach der Christmette nach Hause zu eilen, um den Tisch zu decken. Wobei sie, falls er es doch geschafft hätte, da bin ich mir ganz sicher, einen anderen Grund gefunden hätte, die Welt um uns herum in Schutt und Asche zu setzen. Das waren, wenn ich recht darüber nachdenke, die einfachsten Übungen für meine Mutter. Nicht nur zur Weihnachtszeit!

Ich schnappe nach Luft. Frische, saubere sauerstoffreiche Luft, danach ist mir jetzt gerade. Doch ganz gleichgültig, wie sehr ich mich bemühe: Ich spüre bei jedem Einatmen nicht das Geringste. Nichts. Kann man das überhaupt? Das Nichts einatmen? Mehrmals hintereinander versuche ich, doch noch eine klitzekleine Brise einzufangen, um sie durch meine verdorrten Lungen zu jagen. Aber ich spüre einfach nichts. Nichts! Es geht also doch. Das Nichts lässt sich tatsächlich einatmen. Und das ist wiederum auch schon etwas. Also ist Nichts nicht unbedingt Nichts. Aber wen kümmert's eigentlich? Einzig die Tatsache, dass es frustrierend ist, das Nichts so überdeutlich zu spüren, hinterlässt einen bitteren Nachgeschmack. Wozu dann überhaupt noch atmen?, frage ich mich. Noch so eine Frage! Wieder eine, die nicht zufriedenstellend beantwortet werden kann.

Seitdem ich hier bin, sehe ich mich ständig vor einem unüberwindlichen Berg Fragen gestellt. Wer soll die alle beantworten? Aber wahrscheinlich mag keine einzige beantwortet werden wollen. Das sind Fragen, die nur um ihretwillen gestellt werden. Sie stehen für sich. Mehr bedarf es nicht. Mir wird schon wieder übel.

Früher hingegen, da hatte das Atmen mehr als nur einen Sinn. Da hatte es sogar etwas existentiell Erlösendes. Bei jedem Atemzug habe ich es deutlich gespürt: das reinigende Gefühl von befreiendem Losgelöstsein, die erlösende Schwerelosigkeit, so wie ich sie beispielsweise einst während unserer Ausflüge in die Berge empfand. Das waren noch Zeiten. Vereinzelte Inseln des Glücks. Oasen der Ausgelassenheit waren diese Stunden, in denen ich mich als kleiner Junge japsend durch die Berge vorwärtsbewegte. Mund auf, Mund zu. Mund auf, Mund zu. Frische Luft durch Mund und Nase einsaugend wie ein Ertrinkender. Und dabei kam ich mir keineswegs albern vor. Für die anderen hingegen war ich mehr als das. Lisa verdrehte dabei unverhohlen die Augen.

»Grauenvoll, wie Du Dich jedes Mal aufführst. Mein Gott, siehst dabei wie ein Idiot aus!«

Ein Idiot, vielleicht, ja. Lisas Worte berührten mich hoch oben in den Bergen dennoch kaum mehr als ein sanfter Windstoß. Hoch oben ließ ich mich ausnahmslos mitreißen von der eiskalten Luft, die sich beißend in meine

Augen rieb. Hoch oben, da gab es nichts weiter als mich und lupenreinen Sauerstoff.

»Lass deinen Bruder doch mal in Ruhe«, pflegte mein Vater dennoch stets schlichtend auf sie einwirken zu wollen. Er wollte Ruhe. Wenigstens hier in den Bergen sollte Frieden einkehren zwischen uns verkrachten Existenzen.

»Der Weg ist das Ziel, vergiss das bitte nicht, Lisa!«

Doch statt meine Schwester zu besänftigen, entfachte er mit seinem Leitspruch jedes Mal eine ebenso hitzige wie sinnentleerte Diskussion, die weder einem Weg folgte noch irgendein Ziel zu haben schien. Meine Mutter war dieser endlosen Dispute und meines fortwährenden Schnappens so überdrüssig, dass sie meist nur kopfschüttelnd neben uns her ging.

Mich unterentwickeltes Bürschlein aber interessierte das alles nicht. Ich war wie immer lediglich darum bemüht zu wachsen. Schließlich waren diese Wanderungen durch die Berge meiner Gesundheit geschuldet. An der frischen Luft sollte laut meines ratlosen Kinderarztes die körperliche Weiterentwicklung angekurbelt werden.

»Gönnen Sie sich und dem Jungen einige Stunden durch die unbescholtene Natur. Das wird Wunder bewirken.«, Das hatte der Arzt meinen besorgten Eltern in Aussicht stellen wollen: das Wunder – auf das meine Eltern allerdings vergebens warteten.

Wundersam war dagegen die Wirkung, wie sich die Ausflüge auf mein Gemüt auswirkten: Bei jedem Einatmen fühlte es sich wie ein kalter, erfrischender Orkan an, der meinen schmächtigen Körper von innen durchwirbelte. Das brannte noch eine ganze Weile nach, so kalt war es hoch oben zwischen den oftmals schneebedeckten Gipfeln. Ich genoss ihn, den eisigen Hauch, der an und in mir rüttelte. Das tat gut, sehr sogar. Denn in diesen Momenten mischte sich zu der kalten Luft auch ein zarter Windstoß des Glücks. Ich begriff erstmals körperlich, wie Behagen und Befriedigung sich anfühlen, wenngleich nicht für lange Zeit. Denn nach einer Weile, als meine Eltern missmutig feststellen mussten, dass ich trotz exzellentem Klima nach wie vor weit hinter der Wachstumsnormkurve zurück blieb, wurden die Ausflüge eines Tages sang- und klanglos eingestellt.

»Wenn du sowieso nicht wächst, dann können wir uns auch das Geld für diese sinnlosen Wanderungen sparen!«, beschloss meine Mutter unmittelbar nach einer weiteren Untersuchung beim Kinderarzt bärbeißig.

Die Tatsache, dass sich mein Körper einfach nicht dazu durchdringen konnte, mit meinen gleichaltrigen Freunden mitzuhalten, wertete sie als persönliche Niederlage. Eigentlich, wenn ich länger darüber nachdenke, empfand sie es als Brüskierung oder gar als Kampfansage meinerseits. In ihren Augen war ich nicht aufrichtig darum bemüht, mich weiterzuentwickeln.

»Möchtest Du wirklich immer so klein bleiben? Wäre es mal nicht an der Zeit, dass Du in die Puschen kommst?«

Diesen und anderen Fragen musste ich mich jedes Mal stellen, wenn wir die Praxis mit niederschmetternden Ergebnissen verließen. Und sie waren jedes Mal niederschmetternd. Nicht selten waren sie auch betrüblich. Für die anderen jedenfalls waren sie das. Mir war es gleichgültig. Dabei wünschte ich mir nichts sehnlicher, als es ihnen recht zu machen. Also ich meine, da hatte sich meine Mutter tatsächlich nicht getäuscht, denn ich war fürwahr nicht daran interessiert zu wachsen. Für mich war es im Grunde genommen bedeutungslos, wie klein ich blieb oder wie groß ich wurde. Ich wollte nur nicht mehr mit einem Ausdruck des Bedauerns oder Mitleids betrachtet werden. Mir waren sie auf Dauer zuwider, diese ständigen Kontrollen meiner Gliedmaßen. Immerzu wurde ich begutachtet, inspiziert, mit dem immerzu selben Ergebnis:

»Er ist schon wieder nicht gewachsen!«

Alle aufwändigen und nervenaufreibenden Untersuchungen führten stets zu ein und derselben Diagnose:

»NICHT GEWACHSEN!«

Wenn ich mich recht entsinne, bin ich vom meinem siebten bis zum dreizehnten Lebensjahr kaum mehr als einen Zentimeter gewachsen. Wenn überhaupt. Dagegen konnten auch Vitamintabletten, Ernährungsumstellungen oder Sportübungen nichts ausrichten. Ich denke, dass selbst eine Streckbank, auf die mich meine Mutter in ihrer Verzweiflung liebend gerne gelegt hätte, nichts daran geändert hätte. Mein Körper folgte eben eigenen Regeln. Und die besagten, dass es nichts zu machen gab, außer geduldig abzuwarten. Wobei Geduld eine Tugend ist, die in meiner Familie nicht besonders geschätzt wurde. Geduld, dieser Begriff fand, wenn ich mich recht entsinne, in unserem Wortschatz nie statt. Es war nicht existent, weil er durch andere Vokabeln wie Betriebsamkeit, Unruhe und Rastlosigkeit ersetzt worden war. Niemand, mich eingeschlossen, besaß eine durch würdevolle Gelassenheit ausgestrahlte Ruhe. Außer Max!

Ja, Max!

Er hatte sie, diese uns völlig fremde Form der Gelassenheit. Na ja, im Gegensatz zu uns war er es jedenfalls. Im Gegensatz zu uns, da strahlte selbst eine wildgewordene Horde Mücken gelassene Ausstrahlung aus.

Max!

Eine verschollene Erinnerung in den unendlich trüben Weiten meines verschütteten Gedächtnisses.

Wo warst du, Max?

Tief versunken in den Abgründen meiner unbesonnen Seele. Max!

Wie lange habe ich dich vergessen?

Max!

Auf einmal ist er wieder präsent. Präsenter, als er in der damaligen Gegenwart jemals gewesen ist. Denn früher, da hatte er in unserem umtriebigen Familienquintett – oder müsste ich besser Horrorkabinett sagen? – vielmehr die

Rolle einer nebulösen Randfigur inne. So kam es mir jedenfalls immer vor. Wobei Randfigur nicht unbedingt der exakte Begriff ist. Max war vielmehr als nur ein austauschbarer Statist. Bezeichnender wäre, ihn als charakterstarken Nebendarsteller zu betiteln. Im Gegensatz zu den Hauptakteuren besaß er aber Charisma. Weswegen ich mich wundere, dass er sich mit einem mehr oder weniger kleinen Komparsendasein begnügte. Wahrscheinlich ist, dass der Film, in dem er qua natura gezwungen war mitzuspielen, nicht ganz seinen Geschmack traf. Aus diesem Grund unternahm er auch niemals den Versuch, mehr als nur ein Komparse zu sein. Und niemand konnte Nebenrollen mit solch einer enormen Präsenz ausfüllen wie Max. Allesamt minimalistisch waren seine schauspielerischen Darbietungen und dennoch effekthascherisch. Ein einziger, kurzer Einsatz genügte, um die Bühne, auf der er stand, erzittern zu lassen. Dafür brauchte er keine großen Gesten wie beispielsweise die in unserer Familie gern und oft eingesetzten Wutausbrüche oder lautstarken Szenen, denen sich meine Schwester nahezu täglich bediente. Nein, Max kannte keine überschäumenden Gefühlsregungen und hatte auch kein Verständnis für die unsrigen.

Selbstbeherrschter Max!

Ausgeglichen war er, meistens. Nur selten schien er die Kontrolle über sich zu verlieren. Selbst dann nicht, wenn er auf Gegenwehr stieß oder unsere Eltern ihm seinen Willen verwehrten. Selbst dann blieb er bedachter, wenngleich niemals nachgiebiger. Ganz im Gegenteil. Widerstand potenzierte seine Willenskraft. Diesbezüglich zeigte sich Max gnadenlos. In dieser Hinsicht ähnelte er unserer Schwester, die ihre Ziele stets mit unnachgiebiger Vehemenz durchboxte. Nur dass Max im Gegensatz zu Lisa dezidierter vorging, mit weitaus weniger Emphase. Ja, Leidenschaft war kein besonders ausgeprägter Zug seines Wesens. Er besaß vielmehr den Überschwang eines Süßwasserfisches. Seine Imposanz hingegen ähnelte der eines hungrigen Haies. Ohne viele Worte zu bemühen, ohne den Einsatz aggressiv anmutender Gesten, strahlte er eine Bedrohlichkeit aus, die meine Familie nicht selten in die Knie zwang. Lisa allen voran, was mir besonders imponierte, weil ihr meine rückgratlosen Eltern heillos verfallen waren.

Herausragender Max!

Ich bin nie wieder jemandem begegnet, der so war wie er. Max, ein gewaltiger, dunkler Fels, hinter dem ich mich nicht selten versteckt habe, immer dann, wenn eisige Stürme die Wellen des Lebens gegen meinen gedrungenen Körper aufpeitschten.

Die Erinnerung an Max und an seine breiten Schultern, sie hat mich aufgewühlt. Dreißig, fünfunddreißig oder waren es vierzig Jahre? Wann habe ich ihn zuletzt gesehen? Oder an ihn gedacht? Ganz deutlich sehe ich sein vernarbtes Gesicht vor mir. Er war kein hübscher Kerl, nein, das war er nicht. Auf manche wirkte er gar erschreckend. Ich glaube, dass auch meine Eltern sich zwischenzeitlich vor ihm fürchteten. Was mir wiederum imponierte, weil meine Mutter noch nicht einmal vor dem Teufel zurückschreckte. Vor Max jedoch schon. Ich dagegen nie. Vielleicht war es kindliche Naivität, die mich mit ihm so unbedarft umgehen ließ. Gefühle wie Bewunderung, Stolz, Ehrfurcht, ja, all das empfand ich für ihn, aber nie, niemals Angst.

Ich gebe zu, dass es vielleicht auch daran gelegen haben könnte, dass er der einzige war, der meine Körpergröße nie in Frage gestellt hat. Ich bin mir noch nicht einmal sicher, ob ihm überhaupt je aufgefallen ist, dass ich zu der Zeit nicht wuchs. Versager unter sich messen sich eben nicht in Zentimetern.

Wir hielten zusammen. Nicht zuletzt, wenn ich wegen meiner für viele als lächerlich empfundenen Statur andauernd Frotzeleien ausgesetzt war. An seiner Seite erstarrten selbst die feindseligsten unter meinen Feinden zu Salzsäulen. Mit Max gelang es mir wie auf wundersame

Weise alle körperlichen Hindernisse zu überwinden. Ich wuchs über mich hinaus. Leider ließ die Wirkung abrupt nach, sobald ich wieder alleine war. Ich war ein Gigant auf Zeit sozusagen. Aber immerhin war ich es wenigstens mit Max eine Weile lang.

»Du musst Deine Schwächen mit den Fäusten ausgleichen«, erklärte er mir.

»Verstehst Du? Mit den Fäusten bekommst Du sie alle klein, verstehst Du?«

Ich verstand – aber wie sollte ich das meinen Fäusten verständlich machen? Die gehorchten mir nicht. Ich ballte sie zwar jedes Mal zusammen, wenn Gefahr drohte. Aber zu mehr waren sie nicht in der Lage. Nutzlose Ballen aus Fleisch und Knochen. Während die anderen auf mich einschlugen, hingen meine zu Fäusten geballten Hände schlaff an mir herunter. Ein Jammerbild, das sich erst dadurch verschärfte, jedes Mal, wenn Max mich mit bemitleidenswerter Miene anschaute.

»Wenn Du Dich nicht wehrst, dann sehe ich echt schwarz, Kleiner. Verstehst Du das denn nicht? Hau denen doch einfach mal in die Fresse!«

Einmal tat ich Max den Gefallen. Übermütig holte ich aus und traf meinen Gegner allerdings nicht auf die Fresse, sondern auf die Nase. Blutüberströmt stand er keine Stunde später mit seinen Eltern vor unserer Haustür. Zwei Wochen Hausarrest war die Quittung. Und meine Hände zu Fäusten geballt habe ich nie wieder.

Ich bin kaum mehr als ein paar hundert Meter vorwärts gekommen. Hinter mir sehe ich immer noch die bleischwere Tür. Die alten Erinnerungen haben mich festgeschraubt. Ich versuche, sie wegzuschieben, so wie man alte Möbel aus dem Haus rangiert. Es bleibt bei einem Versuch. Einem halbherzigen dazu. Erinnerungen sind wie Kampfhunde. Einmal festgebissen, kann man sie nur schwer abschütteln.

7.
Der Bauch vom Umfang eines Viertels Milchcontainer

Der Garten ist überfüllt. Überall Blumen. Rote, blaue, orange, gelbe, giftgrüne, rosa. Keine kräftigen Farben sind es jedoch, die sich mir aufdrängen, sondern vielmehr aschfahle, so wie wenn die Tintenpatrone eines Druckers gerade zur Neige geht. Blasse Gestalten eines noch nicht vollendeten Gemäldes. Dem Maler scheint der Farbstoff ausgegangen zu sein. Dennoch sind die Blumen eine schier unerträgliche Überreizung meiner Sinne. Schon zu Lebzeiten waren sie mir ein optisches Gräuel. Davon mal abgesehen, dass sich mir noch nie der Sinn erschlossen hat: Weswegen werden Blumen eigentlich anmutig in Vasen drapiert? Diese Frage habe ich mir schon oft gestellt. Wenn sie doch nur wenige Tage nach dem Pflücken wieder welken. Besser gesagt: dahinsiechen. Ich mag es nun mal auch in meiner Wortwahl stets theatralisch! Jedenfalls verstehe ich es bis heute nicht. Genauso gut könnte man Schnee auf einem Teller herrichten und hübsch auf den Wohnzimmertisch stellen. Wäre meines Erachtens genauso sinnwidrig. Aber was soll's?

Noch nie habe ich an einer Rose die Eleganz erkennen können, die ihnen exaltierte Blumenzüchter beimessen. Gibt es etwas Unnützeres als Grünzeug? Ja, sicher Lisa und Adele haben sich auch nicht als besonders nützlich erwiesen. Und – im Gegensatz zu Blumen – waren sie noch nicht einmal hübsch anzusehen.

Höchstwahrscheinlich bin ich der einzige, der das so empfindet. Schließlich hat sich auch hier irgendein über-spannter Gärtner dazu scheinbar beflügeln lassen, sich in floristischer Hinsicht regelrecht auszutoben, so dass dieses Landschaftsbild vielmehr an ein grotesk verzerrt pittoreskes Szenario erinnert als an Garten. Nichts scheint hier stimmig. Nichts will zueinander passen. Ich erkenne keinerlei Struktur, keine angedeuteten Muster. Chaos, das ist die einzige Konstante, die sich wie ein roter Faden durchzieht. Ein Blumenwirrwarr. Manche sind filigran, andere von überladener Größe. Keine einzige normal groß geformte Blume. Alles in überbordender Extravaganz. Ganz zu schweigen von ihrem Duft. Ein Meer an Gerüchen zieht an mir vorbei. Meine Nase saugt sich voll. Ein Durcheinander aus Vanille, Jasmin und anderen undefinierbaren Aromen. Ich halte mir die Nase zu und muss mit Erstaunen feststellen, dass ich sie immer noch rieche: den aufdringlichen Duft der Blumen. Ich mochte es, wie gesagt, noch nie, dieses nutzlose Grünzeug. Aber hier ist es viel mehr als nur nicht mögen. Sie beängstigen mich nahezu. Da haben wir sie schon wieder: die Angst! Jetzt fürchte ich mich sogar schon vor Blumen.

Ich fühle mich eingekesselt. Umzingelt von einer über-mächtigen, ermatteten Farbenpracht, die auf mich befremdlich wirkt. Noch verstörender sind jedoch die Buchstaben und Worte, die völlig planlos und unrhyth-misch aus den einzelnen Blumen strömen. Aus einer Rose fließen mindestens 30 Rs hinaus. Aus einer Margerite entrinnen etliche As. Aus Gänseblümchen sickern langsam fünf Cs gleichzeitig hinaus, und unmittelbar danach mehrfach der Begriff »Auswahl«. »Entscheid« steht über einer Tulpe; »leer« über einer Hyazinthe und »gelöscht« über einer Geranie. Die Buchstaben steigen gleichmütig aus den Blüten hinauf, vermengen, überschneiden sich und ziehen an mir vorbei. Was für ein absurder Mist, denke ich. Was soll das ergeben? In meinem Kopf schwirrt mittlerweile das gesamte Alphabet herum. Das D prallt mit dem G einander, das Wort »Verwüstung« stößt sich an ein Z. »Unaufhaltsam« kollidiert mit einem F und einem L. So geht es unaufhörlich weiter. Nach einer Weile höre ich auf, mitzulesen. Ich will es nicht mehr sehen. Wie gerne würde ich jetzt fliehen. Doch wohin?

So weit das Auge reicht, nur Blumen und Buchstaben.

»Und warum bin ich eigentlich mutterseelenallein? Wo sind die anderen? Es kann doch nicht sein, dass ich der einzige bin, der verstorben ist? Wie kann das sein? Bleibe ich nun für immer einsam in dieser abscheulichen von Blumen und Buchstaben überladenen Einöde?«, überlege ich laut.

Ich höre mich wieder mit unausstehlicher Stimme unendlich viele Fragen stellen.

Ratlos gehe ich weiter. Ich wüsste schließlich nicht, was ich anderes tun könnte, als weiterzuschreiten und die Buchstaben und Worte zu lesen, in der Hoffnung irgendwann irgendwo anzukommen, wo es etwas anderes gibt. Nur was? Auch diese Frage beunruhigt mich. Ich sage bewusst nicht *ängstigt*. Will ich dieses Gefühl wenigstens nicht auch noch verbal die Oberhand gewinnen lassen. Kaum habe ich diesen Gedanken zu Ende gebracht, drängt sich der nächste, weitaus beunruhigendere auf: Vielleicht sind die Blumen lediglich die harmloseste Variante dessen, was mich in einem anderen Abschnitt erwartet. Wer weiß, womit diese ortlose Landschaft noch alles aufwartet? Vielleicht mit übergroßen oder gar lauthals singenden Grashalmen? Eine nicht minder irritierende Vorstellung. Sollte ich da also lieber doch hier verweilen? Oder sind die Menschen, auf die ich treffen könnte, so abscheulich, dass man mich lieber vor ihnen bewahren will? Doch warum sollte irgendjemand mich schonen wollen?

Wieder diese vielen Fragen? Entsetzt stelle ich fest, dass ich sie mir immer noch laut stelle. Hat es das schon mal gegeben? Dass ich ungeniert mit mir selbst rede? Wie ein alter Zausel? Jedenfalls kann ich mich nicht bewusst erinnern, es je getan zu haben. Sind das die ersten Zeichen von Senilität? Es jagt mir Furcht ein, meine Stimme zu hören, wie sie mich unentwegt fragt:

»Soll ich dieses oder jenes tun? Kann ich das machen oder lieber nicht? Warum ist das so und nicht so?«

Debil hätte ich jemanden genannt, der ständig im Gespräch mit sich selbst verharrt. Aber bin ich es auch? Debil oder gar schwachsinnig?

Es ist ein Sammelsurium an endlosen Fragen, von denen

ich zu allem Überfluss keine einzige befriedigend beantworten kann. Fragen, die eigentlich keinerlei Antwort bedürfen, so erscheint es mir jedenfalls, aber unbedingt hinausgestoßen werden müssen. So als ob man sich ihrer entledigen müsste, nur um wieder frei atmen zu können. Mich aber kotzen sie an: die Fragen, die tauben Antworten, meine monotone Stimme. Herr Gott nochmal, ich bin schlimmer als ein Grundschulkind, das mit seinem nervtötenden Wissensdurst nicht nur anderen auf den Sack geht, sondern vor allem sich selbst. Jetzt ist Schluss! Das beschließe ich großkotzig. Ich halte nun den Mund und gehe einfach weiter. Mal sehen, wie lange es hält.

Beschwerlich bahne ich mir den Weg durch das Blumen-dickicht nach vorne. Es gibt nur diesen einen Pfad. Nur geradeaus. Es geht weder nach links, noch nach rechts. Selbst zurück könnte ich nicht mehr. Das Dahinter ist mehr oder weniger inexistent. Es löscht sich selbst aus und besteht nur noch aus blauem, bodenlosem Dunst. Ein Nebel, der Wärme ausatmet und sich dennoch nicht sommerlich anfühlt. Ich befinde mich mittendrin zwischen den verschiedenen Ebenen des Hier und Dort. Mit gedrängtem Herzen durchforste ich meinen Vorrat an klugen Erklärungen und finde keine einzige für das, was sich gerade vor meinem Auge abspielt. Wie soll auch etwas verständlich gemacht werden, was sich der Vernunft gänzlich verschließt? Mit der fehlenden Fähigkeit des Verstehens beschließe ich, mich auf das Beobachten zu beschränken. Und da fällt mir ein, dass mir solch ein Szenario doch nicht völlig fremd ist. Ich habe es schon oft so oder so ähnlich in irgendwelchen Fantasy-Filmen gesehen. Und nun frage ich mich: Woher wussten die Regisseure, dass es tatsächlich so ausschaut, das Jenseits? Waren sie etwa schon einmal tot? Und kamen sie allesamt zurück, um ihre Erfahrungen zu verfilmen? Menschenskinder, ich habe schon wieder damit angefan-gen, mir Fragen zu stellen.

»Halt endlich dein Maul, Albert!«, ermahne ich mich ziemlich barsch und schreite weiter.

»Verflucht nochmal!«

Kaum bewege ich mich einen Schritt vorwärts, entsteht erneut unmittelbar danach dieses luftleere Vakuum hinter mir. Und zwar begleitet von einem schlürfenden Geräusch. Es ist ein unmelodiöser Klang, das dem eines heiseren Staubsaugers ähnelt. Aber was wird da eigentlich aufgesaugt? Ist es die Vergangenheit? Oder die Gegenwart? Oder handelt es sich einfach nur um eine bedeutungslose Abfolge von Tönen, die lediglich der Untermalung der Szenerie dienen, nur um das unbewegliche Schweigen zu durchbrechen, und die sonst keinerlei Bedeutung haben?

»Verdammt nochmal, ich weiß es doch nicht!«, schreie ich laut auf.

Ich gehe weiter. Jeder Schritt ein tosendes Geschlurfe. Nach jedem Tritt eine fortwährende Ausrottung des Nichts. Lange schaue ich mich immer wieder um, um genau zu beobachten, wie sich die Landschaft mehr oder weniger in Dampf auflöst. Und deswegen fällt mir zuerst gar nicht auf, dass sich vor mir in der Weite zwischen all den Blumen und Buchstaben auf einmal auch vereinzelt Menschen befinden. Ihr Anblick befreit meinen Kopf augenblicklich von all den Fragen und Ängsten. Ich versuche mich an einem Lächeln. Ich spüre das Gefühl von Freude und Hoffnung in mir aufsteigen. Letztere lag Jahrzehnte in den tiefsten Winkeln meines innerseelischen Speichers unbenutzt da, überdeckt von einer dicken, schweren Schicht aufgeschütteter Emotionen. Wann habe ich das letzte Mal gehofft? Ja, während meiner Ehe, da sehnte ich mich oft danach, dass Adele sich das Genick bricht. Aber das zählt nicht. Jetzt flackert sie in glückseliger Manier auf, die Hoffnung. Ich spüre es regelrecht: Widerstrebend habe ich bislang meinen matten Körper mit mir wie eine schwere Last durch diese gemütsarme

Landschaft geschleppt. Und nun, da bewege ich mich so grazil und schnell wie eine Gazelle. Ich will zu ihnen eilen.

Doch ganz gleichgültig, wie sehr ich mich bemühe, gelingt es mir nicht, mich ihnen zu nähern. Der Abstand zwischen uns bleibt stets unverändert gleich. Ich renne, schnaufe, verausgabe mich, um jedes Mal festzustellen, dass sich nichts ändert. Ich sehe sie nur von hinten, fern. Ob sie alt oder jung, weiblich oder männlich sind, ich kann es einfach nicht erkennen. Es sind nur Konturen menschlicher Gestalten. Ich gebe nicht auf, ihnen hinterherzujagen. Doch meine Beine wiegen mittlerweile schwer wie Blei. Sie lassen sich nicht schnell manövrieren, sondern bestenfalls mühsam nach vorne bugsieren.

Vor mir, aber immer noch in unerreichbarer Ferne, sehe ich, wie eine Figur stehen bleibt. Während ich weiterhin ernsthaft und erfolglos darum bemüht bin, mich ihr zu nähern, beobachte ich, wie sie sich langsam zu mir umdreht. Sie hält inne, einfach so, inmitten dieser bizarren Landschaft. Ich schrecke auf. Instinktiv gehe ich einige Schritte zurück und schaue dabei aufgelöst zur Figur hin. Blicke in ihr verwaistes Antlitz, in das mir die klare Botschaft eines schauderhaften Nichts entgegenschlägt. Da wo sich sonst Augen, Nase, Mund, Kinn, Stirn befinden, blitzt nur ein dunkler Hohlraum auf. Es ist, als offenbare dieses fehlende Gesicht, dieses gähnende Loch, auf einmal die Erinnerung an den Tod. Mehr noch: an das allgegenwärtige Todsein, das mir hier schmerzhaft allerorts begegnet. Ein dunkler Duft zieht an mir vorbei. Ich kann die Zerstörung menschlichen Lebens buchstäblich einatmen. Es riecht nach zerschlagenen Hoffnungen, nach mitreißender Zeronnenheit. Ein dichtes Aroma, das keinerlei andere Nuancierungen zulässt. Ich schlucke schwer. Meine Augen füllen sich. Nicht mit Tränen. Sie füllen sich auf mit matter Resignation. Ich spüre ein dumpfes Pochen von innen heraus. Es fühlt sich wie Schmerz an. Und ist doch viel mehr.

Minutenlang stehen die gesichtslose Figur und ich uns in der Ferne gegenüber. Was geschieht? Nichts! Wir harren so eine Weile in schweigsamer Taubheit aus. Beide wie aneinander festgebunden. Was ist es, was uns fesselt? Faszination? Wohl eher Entsetzen. Noch nie zuvor spürte ich das Grauen so intensiv lähmend wie jetzt. Ich fühle ihn nicht mehr, meinen Körper. Ach ja, ich bin tot! Nun fühle ich es erstmals wirklich.

Es vergehen kaum mehr als wenige Minuten, als sie sich abrupt wieder umdreht, die gesichtslose Figur, um eiligen Schrittes davonzulaufen.

In hemmender Erschöpfung gefangen, bewege ich mich keinen Zentimeter weiter. Ich möchte niemanden mehr einholen. Bin ausgelaugt. Entkräftet. Sie haben mich müde gemacht, all diese neuen Eindrücke, die sich über mich wie ein bleierner Schleier gelegt haben. Meine Augen werden zunehmend schwerer. Ich kann sie kaum noch offen halten. Ermattet setze ich mich hin. Inmitten dieses Konglomerats von gesichtslosen Figuren, von undefinierbaren Gerüchen und Buchstaben, die weiterhin zusammenhanglos emporsteigen und keinerlei Sinn ergeben. Auf dem Boden liegend, zwängt sich mir der abstoßend-liebliche Duft der Blumen noch aufdringlicher auf. Mir wird übel. Ich schließe die Augen. Schlafe ein.

*

Ruckartig rüttelt es an meinem Fuß. Zuerst langsam, dann immer schneller. Ich spüre dieses unangenehme Ziehen immer deutlicher. Und doch habe ich große Mühe, wach zu werden. Die Augen bleiben fest verschlossen. Ich versuche noch, in dem Traum, in dem ich unmittelbar vor dem Rütteln auf angenehme Weise gefangen gewesen bin, zu verweilen. Ich will unbedingt bleiben. In diesem mir fremden Haus. Ein schwereloses Haus, dessen Wände aus blaugrünem Nebel bestehen. Dessen Dach sich aus rauchigen Glaspyramiden zusammensetzt und die Fenster nicht mehr sind als durchsichtige grau melierte Schleier. Behaglich und wohl ist es mir darin. Ich lasse mich fallen auf den Boden, der mich weich auffängt und umschließt wie eine warme Woge des Glücks.

Doch durch das aufdringliche Rütteln an meinem Fuß bröckelt das Haus ganz allmählich. Es fällt vor meinen Augen in sich zusammen, bis davon nichts weiter übrig bleibt als der feine Hauch eines lieblichen Windstoßes. Ich stehe nun da: wach, im Freien, liegend mittendrin in diesem abscheulichen Blumenszenario.

»Das wurde aber mal langsam Zeit«, zischt mir eine kratzige Stimme zu.

»Das ist mal wieder typisch Du: Einmal eingeschlafen, brauchen wir wieder eine halbe Armee, um Dich wach zu bekommen. Du hast Dich kein bisschen verändert. Menschenskinder!«

Die Sonne blendet mich. Ich halte die Hand vor die Augen. Reibe meine müden Lider. Sie brennen. Nur zu gerne hätte ich weiter geschlafen. Wie war das noch mal mit ewigem Schlaf? Von sanfter Ruhe ist hier wahrlich nicht viel zu spüren.

»Nun steh auf, wir müssen jetzt mal so langsam. Die warten nicht ewig auf Dich und ich hab' im Übrigen auch nicht endlos lange Zeit, muss schon bald wieder zurück!«, fordert mich die Stimme energisch auf.

Ich setze mich auf. Und sehe sie nun überdeutlich vor mir. Eine Frau. Mir fällt ihr Bauch sofort auf. Er ist proportional zu ihrer zarten Figur ein unangenehmer Blickfang. Ich schaue ihn mir genauer an und erkenne ihn augenblicklich wieder: der Bauch vom Umfang eines Viertel Milchcontainers.

Mutter!

Sie steht tatsächlich vor mir. An mir rüttelnd, während ich noch immer auf ihren vertrauten Bauch starre. Er war im Gegensatz zum Rest weich wie Wackelpudding.

Schwappte bei jeder ihrer Bewegungen mit. Wackel-pudding habe ich übrigens immer mehr gemocht als gewöhnlichen Vanille- oder Schokopudding. Das hatte jedoch nie was mit Mutter zu tun. Glaube ich zumindest.

Mutter, wie lang habe ich sie nicht mehr gesehen? 20 Jahre in etwa. Und ja, ich freue mich. Ich freue mich sogar sehr. Dass mir das noch mal passieren könnte: mich über Mutters Anblick zu freuen. Früher löste ihre Erscheinung stets das Gegenteil aus. So ändern sich eben die Zeiten. Wie betäubt bleibe ich sitzen und starre sie an. Freude kann auch lähmend wirken. Das habe ich schon oft gehört. Doch ich musste erst sterben, um das mal selbst mitzuerleben. Da ich tot bin, kann ich auch ungeniert zugeben, dass mir ihr Bild Tränen in die Augen treibt.

»Na, wir werden jetzt doch wohl nicht sentimental? Gefühlsduseleien sind nur was für Weicheier«, sagt sie mit einem Anflug von vertrautem Spott.

Der ist stets ihre stärkste Waffe gewesen, wenn es galt, Gefühle abzuwehren. Emotionen wurden bei uns daheim stets wie Bakterien behandelt: Sie mussten sofort mit antibiotisch wirkendem Sarkasmus außer Gefecht gesetzt werden, andernfalls hätte sich daraus eine epidemische Krankheit entwickeln können – chronische Rührseligkeit etwa oder gar akute Gemütsregungen.

»Steh nun auf, weinen wirst Du noch früh genug!«
Zack! Baff!

Mutter hat sich kaum verändert. Ich beziehe das nicht nur auf ihre unverwechselbare Wesensart, sondern vor allem optisch. Wobei das nicht ganz so stimmt. Bei genauerem Hinsehen fällt mir auf, dass sie sich doch verändert hat. Sie wirkt nicht so verhärmt, wie sie es in ihren letzten Jahren war. Nun macht sie einen frischeren, beschwingten Eindruck. Mutter kann sich sogar wieder unbeschwert bewegen, ohne Gehhilfe – trotz Wackelpudding, der sicherlich einen Umfang von mindestens einer Tonne umfasst. Und das ist wahrlich eine Leistung. Aber wahrscheinlich gelten hier andere physikalische Gesetzmäßigkeiten. Ganz geschmeidig gelingt es ihr sogar, den Kopf zu drehen. Was damals unmöglich gewesen war. Da musste sie sich mit dem Oberkörper zur Seite schwingen, jedes Mal, wenn sie in eine andere Richtung schauen wollte.

»Mutter!«, ist das einzige Wort, das sich aus meinem halb geöffneten Mund herauspressen lässt.

»Mutter!«, wiederhole ich erneut, so betonungslos, dass es schon wieder besonders hervorgehoben klingt.

»Ja, da staun'ste, was? Bin gekommen, obwohl die anderen sich vordrängeln wollten. Aber nicht mit mir!«

Mutter lächelt. Süffisant macht sie das und mit einer gewissen überheblichen Überlegenheit. Sie freut sich sichtlich, dass sie mich hat überraschen können und dass sie über die anderen, wen auch immer sie damit gemeint haben mag, gesiegt hat.

»Das ist hier Usus, dass lass ich mir doch nicht von den anderen Pappnasen nehmen. Die Mutter trumpft hier immer als erste auf. Es sei denn, sie stirbt nach dem Kind. Dann kommen Vertreter wie die Oma, die Tante oder der Vater. Aber hättest Du das gewollt? Dass dein Vater dich hier an die Hand nimmt? Oh, Mann, das wäre ja was geworden. Da wärt Ihr überall gelandet, nur nicht da, wo Ihr hin sollt. So! Und nun beweg Deine müden Knochen endlich mal. Ist es denn wahr, wie lange Du schon wieder für alles brauchst! Sie haben mir nicht lange Zeit gegeben. Ich muss bald wieder zurück. Selbst Schuld, dass Du mal wieder gegen die Richtung laufen musstest. Na ja, aber so warst Du ja schon immer. Warum hätte *das* anders sein sollen?«

Sie wird zunehmend ungeduldiger und beugt sich über mich. Ganz nah steht sie nun vor mir. Ihr Gesicht unmittelbar vor meinem. Meine Knien versinken in ihrem Wackelpudding.

Mutter, wann habe ich dich das letzte mal so jung gesehen? Ich kann mich nicht erinnern, es jemals getan zu

haben. Und doch kenne ich dieses Bild. Es ist mir nicht
unbekannt. Vielleicht aus Fotos? Ja, ich erinnere mich, wie
ich ihre Jugend auf älteren Aufnahmen entdeckte und
dabei erstaunt war, dass Mutter einmal auch jung und auf
gewisse Weise sogar schön gewesen war.

Sie zieht hektisch an meinen Händen.

»Komm schon, Junge. Wir haben noch einen langen
Weg vor uns. Die Uhr tickt! Na ja, eigentlich gibt es hier ja
keine Uhren, aber Du weißt schon, was ich meine. Denn
dumm, nein, das warst Du wirklich nicht. Wenigstens das
nicht.«

Ein warmer Schauer durchfährt meinen Körper, als
Mutter nach meiner Hand greift. Ich halte sie fest, will
diesen Moment der Berührung lange konservieren, bis er
sich endlich wieder löst. Schließlich hat Mutter, soweit ich
das überblicken kann, mich nie angerührt. Zumindest nicht
absichtlich. Doch er währt viel zu kurz, dieser Augenblick
der Annäherung. Kaum bin ich aufgestanden, lässt sie
mich wieder los. Hautkontakt, ich hatte stets das Gefühl,
dass er ihr auf gewisse Weise unangenehm war.

Stumm gehe ich neben ihr her, während sie auf mich
einredet. Ich sehe nur noch sie. All die Blumen, die
Buchstaben, die Figuren um uns herum verblassen in ihrer
Gegenwart. So war es schon immer. Kaum betrat sie einen
Raum, schon füllte sie ihn mit ihrer bloßen Gegenwart aus.
Sie dominierte stets mit überschwänglicher Präsenz.

Mutters Wortschwall bricht sich über mein Schweigen.
Ich schaue sie dabei an, ohne auch nur eine einzige Silbe
des Gesagten zu verstehen. Ich höre es noch nicht einmal.
Nehme nur den Ton, die Laute wahr, nicht aber deren
Sinn. Und ich muss zugeben, dass mir gerade diese
vertraute, wenngleich nicht besonders warme Melodie
unglaublich gut tut. Es legt sich wie ein beruhigender
Schleier um mich, zieht mich hinein in ein warmes Bad
unausgesprochener Gefühle.

»Und, was sagst Du dazu?«, fragt sie mich nach einer Weile.

»Hast Du schon mal darüber nachgedacht?«

Ich habe tatsächlich nachgedacht über so vieles in den letzten vergangenen Stunden. Noch nie zuvor habe ich so viel Zeit mit Nachdenken verbracht wie hier.

»Ja«, antworte ich schmucklos.

»Hab' ich.«

Mutter verzieht ihre Augenbrauen. Das machte sie immer dann, wenn sie ihrer Skepsis Ausdruck verleihen wollte, was nahezu immer der Fall war. Sie trat jedem und allem mit Misstrauen entgegen – insbesondere uns, ihrer Familie.

»Ja, aber mal wieder nicht über das, worüber ich mit Dir sprach. Stimmt's, Junge? Da haben wir es mal wieder. Interessierst Dich für nichts!«

Ich nicke.

Sie lächelt dennoch. Das ist neu. Wie selten hat sie das? Gelächelt! Wenn ich länger darüber nachdenke, kann ich mich kaum bewusst daran erinnern, sie jemals lächeln zu sehen. Mir gefällt dieses Schmunzeln ungemein. Ich lächle. Lächle sie an. Für einen kurzen Augenblick verharren wir in diesem gemeinsamen Lächeln.

»Ich fragte Dich gerade, ob Du Dir vielleicht erklären kannst, warum ich Max hier nicht finden kann? Er müsste doch auch hier sein. Aber ich hab schon überall nach ihm gesucht, nirgends ist er zu finden und keiner weiß was. Ich verstehe das einfach nicht! Wenn nicht hier, wo dann? Oder gibt es da noch eine andere ... ach, ich weiß es einfach nicht.«

Ihr Lächeln ist wieder verschwunden. Über ihre Lippen haben sich lange, schattige Falten gelegt. Jene langen, dunklen Falten, die sich immer dann über ihrem Mund bildeten, wenn sie von Max sprach.

Max!

Hier? Ja, natürlich.

Max. Wo sollte er auch anders sein als hier? Wo er doch

sonst nirgendwo anders hatte sein können. Und wie es scheint, noch nicht einmal hier. Wahrscheinlich gibt es für so einen wie Max tatsächlich eine Extra-Abteilung. Aber welche?

»Nein, ich kann es mir nicht erklären. Vielleicht hast Du nur noch nicht alles abgesucht«, antworte ich nach einer Weile.

»Dummes Zeug! Kannst Du nicht mal denken, bevor Du sprichst. Wie lange soll ich denn noch suchen, Junge? Ich bin schon ein paar Mal hier gewesen, aber nichts. Keine einzige Spur. Kein Hinweis. Wo steckt der wieder nur? Ich drängele immer wieder, nochmal schauen zu dürfen. Und sie gewähren es mir ja auch jedes Mal ... aber ... nichts!«

Mutter seufzt. Ein langes undurchsichtiges Aufstöhnen.

Ihre Sorge um Max, sie hat sie ein Leben lang begleitet. Ganz gleichgültig, wie ungerecht und cholerisch sie sein konnte, ganz gleichgültig, wie oft sie ihren standardisierten Slogan hinaus brüllte – »Ich könnt euch Kindern den Hals umdrehen«, wann immer sie uns zu Gesicht bekam – ihr Kummer um Max, ihrem Sorgenkind, machte ihr doch schwer zu schaffen. Wobei das nicht richtig ist. In ihren Augen waren wir alle drei Sorgenkinder. Und damit hatte sie gar nicht so unrecht. Jeder auf seine eigene Weise. Aber Max war ein Sonderfall oder besser gesagt ein Härtefall.

Wie oft hatte sie nachts wegen ihm wachgelegen – natürlich hätte sie das nie zugegeben –, weil er beschlossen hatte, für eine Weile nicht nach Hause zu kommen. Als Teenager schon war Max so, ich weiß gar nicht, wie der passende Ausdruck für ihn wäre. Vielleicht autark? Er war von resoluter Selbstbestimmtheit und nahm sich all die Freiheiten, die er für sich als richtig befand. Wobei »richtig« ein recht dehnbarer Begriff ist. Und für Max war so vieles Falsches richtig. Jedenfalls fühlte es sich für ihn richtig an, hin und wieder zwei oder drei Tage, ohne ein einziges Lebenszeichen von sich zu geben, wegzugehen.

Wohin? Mit wem? Das wusste keiner. Am allerwenigsten er selbst, glaube ich. Meist übernachtete er irgendwo, bei irgendjemanden, den er auf irgendeiner Party kennengelernt hatte. Aber er scheute sich auch nicht, im Freien oder in einem U-Bahn-Schacht zu schlafen. Und wenn sein Verlangen nach grenzenloser Freiheit gesättigt war, kehrte er nach Hause zurück. Sang- und klanglos geschah dies meist. Ohne ein Wort der Erklärung, ohne den geringsten Hauch von Schuld oder Reue, setzte er sich dann zu uns in die Küche oder ins Wohnzimmer und schaute, um uns mit ausdrucksloser Miene zu verstehen zu geben, dass es nichts zu sagen gab. Anfangs versuchten meine Eltern, ihn mit unangenehmen Szenen aus der Lethargie aufzurütteln. Mutter schrie, spie, japste. Eine irrwitzige Vorstellung, die niemanden so wenig beeindruckte wie Max. Was nicht heißt, dass sie ihn kalt ließ. Sie erreichte bei ihm nur nicht das gewünschte Ziel. Denn seine Apathie schlug meist schnell um in bedrohliche Aggression. Was wiederum dazu führte, dass Mutter und Vater Max' Ausflüge irgendwann stillschweigend hinnahmen. Mit der Zeit gewöhnten wir uns sogar alle daran, dass er einfach so verschwand und irgendwann überraschend wieder vor der Tür stand. Ich jedenfalls akzeptierte es als festen Bestandteil unseres Familienlebens und machte mir nicht weiter Gedanken darüber. Mutter aber konnte nur schwer damit umgehen. Stundenlang hörte ich sie in den Nächten, in denen er fort war, im Flur auf und ab gehen. Sie behauptete steif und fest, es sei wegen ihrer Fitness, dass sie die nächtlichen Stunden zur Ertüchtigung ihres aus dem Leim geratenen Körpers nutzen würde. Und ich fragte mich in diesen Nächten, ob sie uns vielleicht doch auf ihre ganz individuelle Weise liebte? War ihre Sorge ein Anzeichen dafür? Oder ihr Gesicht am nächsten Morgen, das sie noch verbitterter und zerknitterter, als sie es ohnehin schon war, aussehen ließ? Hätte sie nicht wunderbar schlafen können, wenn Max ihr gleichgültig gewesen wäre? Ich suchte immerzu nach solchen Indizien, die für ihre Zuneigung für uns sprachen. Fand allerdings nur selten welche. Nur eben in jenen Nächten, in denen sie über den Flur ging. Ich habe noch genau das nächtliche Schlurfen ihrer Pantoffeln im Ohr, bis es irgendwann verstummte.

Es muss unmittelbar nach meinem neunten Geburtstag gewesen sein. Ich weiß nicht mehr, wann genau. Aber zu meinem Geburtstag, da hatte er mir noch einen Kalender mit nackten Frauen geschenkt, worüber ich mich einerseits sehr gefreut hatte, weil ich der einzige war, für den er sich jemals die Mühe gemacht hatte, etwas zu schenken. Ich jedoch war andererseits angesichts der verdutzten, entsetzten Gesichter meiner Familie, gelinde gesagt, konsterniert. Ganz zu schweigen von den eigensinnigen Gefühlen, die die Bilder in mir wider Erwarten ausgelöst hatten. Beschämend und schockierend zugleich waren sie, diese emotionalen Aufwallungen, die mich nahezu paralysierten. Mutter hingegen animierten sie, mir den Kalender schnurstracks zu entwenden, um ihn im Altpapier zu entsorgen, wo er jedoch schon am nächsten Morgen nicht mehr aufzufinden war, weil er bereits am Abend zuvor im Nachttisch meines Vaters verschwunden war. So mutig habe ich Vater übrigens weder davor noch danach je wieder erlebt. Denn Mutter bekam es heraus und daraufhin durfte mein Vater sich nie wieder einer Mülltonne nähern.

Einige Tage später nach meinem Geburtstag jedenfalls verließ Max das Haus und kam nicht mehr zurück. Nur Mutter und Vater sahen ihn noch ein einziges Mal. In der Leichenhalle des Bestattungsunternehmers Grote. Dem einzigen in unserem Dörfchen. Welch Ironie des Schicksals, dachte ich, als ich davon erfuhr. Ausgerechnet der alte Grote! Wie oft hatte Max ihm die Fensterscheiben seines Ladens eingeschlagen.

»Wie kann man nur sein Geld mit Leichen verdienen. Perverses Schwein, der senile Grote!«, hatte er immer geunkt. »Mich jedenfalls bekommt der alte Sack nicht. Ich leg mich nicht in eins seiner schmucken Mahagoni-Särge!«

Max behielt recht.

Er kam in einen schmucklosen Eichensarg.

Friedlich und zufrieden habe er ausgesehen. Nicht mehr so abgehetzt und rastlos. Das waren die einzigen Worte, die Mutter nach tagelangem Weinen herausbrachte. Ja, sie weinte. Sogar vor uns. Was beinahe noch schockierender war als Max' Tod. Denn dass er nie da war, daran hatten wir uns ja längst gewöhnt. Nur war er jetzt eben länger nicht da, so dachte ich mir damals. Aber Mutters Tränen, die haben mich doch ganz schön aus der Bahn geworfen. Sie weinte exakt fünf Tage und vier Nächte. Ich zählte mit. Dann war schlagartig Schluss. Sie entrümpelte Max' Sachen. Alles wurde in blaue Mülltüten gepackt. Und das war's. Danach verlor sie keine Silbe mehr über ihn. Erst Jahre später erfuhr ich, was passiert war: Max hatte zuerst seine Freundin, von der niemand je etwas geahnt hatte, dass er eine hatte, und dann sich selbst erschossen. Mitten ins Herz. Und ich wunderte mich nur, nicht wegen der Waffe, sondern darüber, dass er sich und nicht einen von uns zur Strecke gebracht hatte.

»Eifersuchtsdrama zwischen zwei Teenagern endet tödlich«, so titelten damals die Lokalzeitungen. Ich las jeden einzelnen Artikel. Heimlich, versteht sich. Und dabei glaubte ich erstmals zu fühlen, wie sich der Körper über die Seele stülpt. So eine Häutung, die brennt.

»Der Junge ist immer unterwegs, wo der nur wieder sein kann, was meinst Du, Albert?«

In Mutters Frage schwingt Verzagtheit mit. Und verzweifelt war sie zu Lebzeiten eigentlich nie. Sie ist auch jetzt kaum hörbar, ihre Verzweiflung, und doch überdeutlich greifbar. Klingt sonderbar. Ist aber so. Mutter in aufrichtiger Sorge zu sehen, in die sich sogar ein Hauch Kummer, Trübsal und Melancholie mischt – es tut mir gut, das einmal zu erleben: der selbstlose, sarkasmusfreie Kummer um eins ihrer Kinder. Bin ich schadenfroh? Hm, nein dieses Mal nicht.

»Vielleicht sollte ich doch nochmal fragen. Wahrscheinlich habe ich nicht die Richtigen gefragt oder an den falschen Orten ...«

Mutter redet weiter, aber ihre Worte gleiten ins Leere. Wie schwerelose Federn schweben sie dahin, davon getragen von einem lauen Windstoß. Ich sehe sie vor mir, einzelne Buchstaben, die einst Worte waren, jetzt aber durch ihre Zusammenhanglosigkeit nichts weiter sind als sinnentleerte Hülsen.

Max, wo bist du?, frage ich mich. Und ertappe mich dabei, wie ich mir wünsche, dass Mutter ihn nicht findet. Ich fürchte, er könne ihr auch hier nicht mehr als wieder nur Kummer bereiten. Wann war ich das letzte Mal um Mutter besorgt? Die Frage müsste anders lauten: Wann war ich es das erste Mal? Ich denke: heute.

Mutters Augen füllen sich mit Tränen.

»Ich glaube, das wird heute mal wieder nichts. Komm, Albert, wir suchen morgen weiter nach ihm. Wir müssen mit Dir noch zum Syndikat, die warten schon. Ich denke, das ist jetzt erst einmal wichtiger. Max kann auch einen Tag ohne uns sein, wie er eigentlich immer besser ohne uns sein konnte.«

Sie ist bemüht, das mit distanzierter Lakonie zu sagen. Ja, das konnte sie immer gut. Unnahbar wirken. Schwerer tat sie sich hingegen mit Nähe. Ich kann mich nicht erinnern, dass sie sie jemals bei einem von uns zugelassen hätte. Selbst gestillt hat sie uns nicht. Sie behauptete zwar stets, weil sie keinen Milcheinschuss hatte. Ich bin aber davon überzeugt, dass sie der Gedanke des Nuckelns an ihrem Busen zutiefst anwiderte. Selbst das Füttern mit der Flasche war ihr zu intim. Am liebsten wäre ihr sicherlich eine Kanüle gewesen, eine mindestens anderthalb Meter lange, die sie uns im Bettchen ins Mündchen gesteckt hätte, und die Vater, wenn er denn mal nicht selbst an

seinem eigenen Fläschchen gehangen hätte, am anderen
Ende des Zimmers hätte befüllen können. Aber Letzteres
ist lediglich rein spekulativ. Nicht dass Vater trank wie ein
Fass ohne Boden, obwohl das noch untertrieben ist, er
soff wie ein Loch, sondern dass er wahrscheinlich selbst
im nüchternen Zustand je in der Lage gewesen wäre uns
zu versorgen. Und wenn ich recht überlege, war er zu
keinem Zeitpunkt imstande, irgendetwas zu erledigen.
Vater war Vater. Zu mehr, ich gebe meiner Mutter nur
ungern Recht, taugte er einfach nicht. Nicht aus Bos- oder
Faulheit. Er war einfach nicht so veranlagt, dass man von
ihm Gebrauch hätte machen können. Eine nutzlose Hülse,
kaum mehr als Dekoration, wobei das wiederum
übertrieben ist, weil hübsch anzusehen, das war er auch
nicht.

Wir gehen eine Weile schweigend nebeneinander her. Die
Gedanken um Max haben Mutter niedergedrückt. Sie
schreitet gesenkten Hauptes vorwärts und ich beobachte,
wie sie sich Tränen aus den Augen wischt. Wie gern hätte
ich sie mir jetzt resoluter gewünscht, so wie sie nun mal
immer gewesen ist. Aber so? Der Umgang mit dieser
emotionsgeladenen Mutter fällt mir noch schwerer als der
mit ihr, als sie noch empfindungsamputiert durch mein
Leben wirbelte. Wobei schwerer als schwer ist ein
Schweregrad, der kaum mehr überboten werden kann.
»Mutter, ich denke, dass wir Max bestimmt ...«
»Sei jetzt still. Ich habe keine Lust mehr, darüber zu
sprechen. Ich rede schon wer weiß wie lange über Max
und niemand will irgendetwas wissen.«
Wir haben hier ohnehin so viel miteinander gesprochen
wie zu Lebzeiten noch nicht einmal während meiner
gesamten Kind- und Jugendzeit. Ein Dialog hat zwischen
uns, wenn ich recht darüber nachdenke, nie stattgefunden.
Gespräche sind in unserem Hause eigentlich nie erfolgt. Es
herrschte vielmehr ein vielsagendes Schweigen, das hin

und wieder durch den einen oder anderen Monolog durchbrochen wurde.

Bekümmert schaue ich Mutter an. Nur zu schade, dass sie die zwischen uns aufkeimende Unterhaltung wieder so schnell zu einem abrupten Ende bringen möchte, während ich nach Konversation dürste. Ich suche nach einem geeigneten Thema und da fällt mir meine Begegnung ein.

»Rate mal, wen ich erst kürzlich hier gesehen habe.« Ich sage ihr das mit einer noch nie empfundenen kindlichen Vorfreude. Strahlend blicke ich sie an und fordere sie stumm auf, einen Namen zu nennen.

»Deinen Vater etwa?«, fragt sie ungläubig. »Das kann aber nicht sein. Ich konnte ihn in letzter Sekunde noch aufhalten, Dich als erster hier aufzusuchen. Ist auch gut so. Reicht schon, dass ich den an der Backe habe. Ja, ja, ich blieb auch hier nicht von ihm verschont. Dachte wenigstens, hier könnte man von vorne beginnen. Stattdessen setzt sich die alte Leier ungeniert fort ...«

Ich unterbreche sie, weil ich nicht gewillt bin, mir auch hier die Tiraden über Vater weiter anzuhören.

»Nein, Mutter. Ich sah Böll! Heinrich Böll!«

Mit feierliche Miene stoße ich seinen Namen aus und spüre, wie dies schon wieder aufwallende Emotionen auslöst.

»Böll!«, wiederholt sie einsilbig.

»Soll ich jetzt aufschreien vor Begeisterung oder genügt ein simples Aha?«, Sie seufzt kurz auf.

»Mein Gott, Junge, mir ging Dein Böll schon früher gehörig auf den Zeiger. Nun verschone mich wenigstens hier mit dem Kerl. Dachte, das leidige Thema hätte sich längst erledigt! Aber ich hatte wohl Deine penetrante Besessenheit vergessen, mit der Du nicht nur andere, sondern vor allem Dir selbst die Hölle auf Erden bereitet hast. Und dieser Böll war da nicht ganz unschuldig bei! Der hat in Dir so einen komischen, verbissenen Fanatismus ausgelöst. Ohne ihn wärst Du bestimmt besser dran gewesen, dann hättest Du Dich vielleicht um andere Dinge gekümmert. Aber so war's immer nur dieser Böll! Grausam!«

Ihre Reaktion – so absehbar sie war – trifft mich mit derselben vernichtenden Kraft wie damals, wenn Mutter gegen ihn wetterte. Damals machte ich einfach kehrt und ließ sie stehen. Was ihr jedoch nie auffiel. Und auch jetzt mag ich es nicht hören, wie sie über ihn spricht. Das, was sie über Vater sagte, konnte ich gerade noch so überhören. Aber über Böll! Das geht zu weit! Ich beiße mir auf die Lippen und wir gehen stumm weiter.

Das Syndikat, wie Mutter das rot getünchte Gebäude bezeichnet, das sich unerwartet am Ende des langen Weges vor uns aufbäumt, wirkt auf mich ebenso verstörend wie die aufdringliche anmutende Blumen- und Buchstabenlandschaft zuvor. Es ist kein Gebäude im klassischen Sinne, an dem unaufhörlich eine Schar wirrer Buchstaben abprallen. Aber auch verschiedene Wörter. Einige sind kleingeschrieben, andere wiederum in großen Lettern. Verstehe da jemand die Logik. Begriffe wie »heimsuchung«, »ARREST« und »kügelchen« stoßen sich gegen die meterhohe Fassade dieses ungewöhnlichen Gebildes. Sie prallen mit Schwung ab und ziehen dann gemächlich weiter, bis sie irgendwann nicht mehr zu sehen sind. Sie versinken zwischen meterhohen Blumen, sickern ein in ausladende Blütenkelche. So vermischt sich ein »AUFENTHALT« mit dem beißenden Rot einer übermächtigen Tulpe und ein »vergessenheit« mit dem stechend grellen Gelb einer üppigen Butterblume.

»Was stehst Du denn da?«, schimpft Mutter. »Wir müssen jetzt rein.«

»Da hinein?«, frage ich ungläubig.

»Na, was denkst Du denn?«

Es ist schwierig zu beschreiben, worum es sich beim Syndikat eigentlich genau handelt. Es ist, sagen wir mal, ein gebäudeähnliches Konstrukt, bestehend aus mehreren, zum Teil verschachtelten Wänden, aber keinen geraden, sondern gewölbten, deren obere Enden nicht von einem Spitzdach abgeschlossen werden, sondern von einer unsymmetrischen Kuppel. Das Bauwerk hat keine Türen, weder Ein- noch Ausgang und auch kein einziges Fenster. Es besitzt lediglich mehrere kleinere Löcher, kaum größer als ein Teller. Diese Löcher fungieren, so vermute ich, als Fensterersatz. Jedes einzelne Loch dünstet Dampf aus. Kein Dampf, wie man ihn ausströmend von einem Kessel her kennt. Es ist ein undurchsichtiger, beiger Nebel, der die Konsistenz von Milch hat und in Stößen hinausgepresst wird. Jedes Loch atmet sozusagen Milch aus. Und duftet dabei nach erloschenem Leben.

Vor dem Syndikat findet sich eine kleine Menschen-traube wieder. Mit Gesichtern! Na, wer sagt's denn! Nach Stunden – oder waren es gar Tage? – des Umherwandelns erblicke ich erstmals Personen, die den Menschen tatsächlich ungemein ähnlich sind. Hier ein Grüppchen. Da zwei oder drei, die miteinander im Gespräch zu sein scheinen. Allerdings, und das wiederum verstört mich dann doch ein wenig, sind sie in einem stummen Dialog. Na ja, ganz so menschlich geht es dann nun doch nicht. Diese Menschen jedenfalls kommunizieren nicht verbal. Eher mit Blicken und Gesten. Wie das gehen soll? Ich weiß es auch nicht. Aber es funktioniert. Das erkenne ich an den Gesichtern, die mal zustimmend, abnickend, verneinend oder auch belustigt dreinblicken. Wie komfortabel, denke ich: reden ohne zu reden. Nur zu gerne hätte ich von dieser Technik zu Lebzeiten Gebrauch gemacht.

Andere wiederum mögen noch nicht einmal diese minimierte Form der Unterhaltung und gehen lieber spa-zieren. Meist orientierungs- und ziellos wie Ameisen, wenn sie auf der Flucht sind.

Unter eben jenen umtriebigen Ameisen erblicke ich niemand Geringerem als Georg Trakl!

Nicht, dass er einem solchen Insekt ähnelt, das will ich damit nicht zum Ausdruck bringen. Gott bewahre! Ich bin nur erstaunt, erstens, ihn hier zu sehen. Und zweitens, ihn so hektisch wie eine Ameise flanieren zu sehen. Einfach nur, weil ich Trakl nie eine solche Beflissenheit zugesprochen hätte. Ich stellte ihn mir mehr teilnahmsloser vor, schon allein wegen seines maßlosen Opium- und Morphium-Konsums. Dachte immer, Drogen machen phlegmatisch! Oder ist er es vielleicht gar nicht? Mutter zu fragen, macht keinen Sinn. Ihr Interesse an Literatur war immer so groß, wie das eines Ochsen an aktuellen Modetrends. Nicht zuletzt wegen Böll; der hat ihr den Zugang dazu endgültig versperrt, weil sie ihn stets für meine nicht gerade positive soziale Persönlichkeitsentwicklung verantwortlich machte. Na ja, und Trakl würde sie nicht minder hassen, wenn sie ihn denn kennen würde. Ich hingegen mochte ihn. Natürlich nicht wie Böll, das versteht sich von selbst. Aber Trakls Dichtung, sagen wir es mal so: Sie ließ mich nicht kalt, wenngleich der destruktive Unterton, der in jedem seiner Gedichte mitschwingt, einem doch schon so manches Mal die Laune verderben konnte. Am meisten ihm selbst.

Ich nähere mich ihm, um mich zu vergewissern, ob er es auch tatsächlich ist. Es besteht jedoch kein Zweifel: Griesgrämig wie Trakl nun einmal auch zu Lebzeiten war, bewegt er sich auch hier missgelaunt fort. So sehr mich seine Erscheinung beeindruckt – das macht sie zweifelsohne – und mich seine Lyrik einst begeisterte, so muss ich doch zugeben, dass er wahrlich kein Sympathieträger ist. Die Mundwinkel tief nach unten gezogen. Der Blick dunkel, stechend. Er durchbohrt jeden, der sich ihm nähert.

»Nein, der Trakl ist, wie er von etlichen Biografen treffend beschrieben worden ist, ein Poet und nicht mehr und alles andere als ein Netter«, sage ich mir mit halblauter Stimme, will ihn ja schließlich nicht brüskieren, den großen Dichter.

Unmittelbar neben ihm erblicke ich, ich kann es kaum fassen, Ernest Hemingway. Im Gegensatz zu seinem

Kollegen Trakl umspielt ein mildes Lächeln seinen Mund. Er wirkt nicht im Geringsten bärbeißig. Nur eines hat er mit dem mürrischen Trakl gemeinsam: wieder diese Umtriebigkeit. Ob das an dem Ort liegt?, frage ich mich. Auch Hemingway geht scheinbar planlos einen kleinen Weg entlang. Tief in sich versunken, sein Umfeld gar nicht oder kaum wahrnehmend. Mittlerweile drängt sich mir der Gedanke auf, dass das hier wohl dazu gehört, das Nichtwissen, wohin man soll. Und ja, wohin soll man auch? Eine berechtigte Frage.

Es fängt an, mir langsam Spaß zu machen. Welch illustrer Persönlichkeit ich hier wohl noch begegnen werde? Begierig suche ich weiter. Nur wenige Schritte entfernt von Hemingway werde ich fündig: Dort steht Klaus Mann. Ich erkenne ihn, das schon, muss aber zu meiner Schande gestehen, dass mir keines seiner Werke auf Anhieb so präsent ist wie die seines Bruders. Thomas war für mich einfach der bessere Literat, wobei das nicht heißen soll, dass ich Thomas Mann grundsätzlich gut fand. Das Gegenteil war der Fall. Meine Pflichtlektüre der Buddenbrocks in der Schule löste in mir lange Würgegefühle aus. Was nicht zuletzt am damaligen Lehrer lag. Ein Arschloch par excellence war er. Der hätte mir sogar Böll madig machen können. Aber ich schweife ab.

Ich schaue mich weiter um und sehe Heinrich von Kleist. Wie traumhaft, denke ich. Kleist ist wahrlich ein zauberhafter Jüngling, wenngleich er durch seine Kleidung ein wenig antiquiert daherkommt. Wer trägt heute schließlich noch Herrenrock und Kniehose? Melancholie zeichnet sich deutlich auf seinem ebenmäßigen Gesicht ab. Ein trauriges Kerlchen, das mit seinem Fuß nach Grashalmen tritt. Keine besonders intelligente Handlung für einen wie Kleist. Doch was soll er hier schon großartig anderes machen? Da fällt mir glatt ein Satz aus einem seiner Briefe ein: »Ach, es muss öde und leer und traurig sein, später zu sterben als das Herz.«

Er war demnach nicht nur schön, sondern zudem auch

noch hellsichtig!

Aber wo ist unter all diesen großen Literaten eigentlich Heinrich Böll?, frage ich mich gerade. Habe ich ihn etwa übersehen?

8.
Glück ist ein Stück ausgekotzte Verlogenheit

Hoch über den Dächern der Stadt erhob sich der Dunst immer schwer und trübe. Früh morgens, wenn die Welt noch schlief, da hatte selbst dieser rauchige Schleier etwas poetisch Friedvolles. Geschmeidig legte er sich über die aufsteigende Verlogenheit, die aus den Häuser emporstieg, kaum, dass deren Bewohner erwachten. Wie oft hatte ich auf dem Balkon gesessen und der Nacht dabei zugesehen, wie sie sich langsam und routiniert aus dem Tag schälte. Wie sich die ersten Sonnenstrahlen im düsteren Horizont Bahn brachen. Wie oft hatte ich angesichts dieses faszinierenden Naturspiels die Augen geschlossen und genossen? Purer Genuss war das. Ja, ich konnte auch genießen, wenngleich nicht lange.

Diese Morgen waren oftmals genussvoller als so manch ein orgiastisches Erlebnis, wonach so viele streben und das mir stets nur einen schalen Nachgeschmack hinterließ. Sex! Darf man das als Mann gestehen, dass es mir nie wirklich etwas bedeutet hat? Dass es mir im Grunde genommen völlig gleichgültig gewesen ist, obwohl ich stets auf der Suche danach gewesen bin? Geleitet fühlte ich mich jedoch niemals von Trieben. Es war vielmehr eine unstillbare, aufzehrende Sehnsucht. Ein Suchender bin ich stets gewesen. Immerzu gepeinigt von dem schmerzenden Wunsch, endlich zu finden. Was eigentlich? Ich weiß es nicht.

Überall zog es mich hin, zu jedem führte es mich hin, nur um endlich zu entdecken. Wonach auch immer. Wie ein Verdurstender in der Wüste unweigerlich nach Wasser lechzt, verlangte ich nach mehr. Ohne jemals wirklich zu ahnen, was dieses Mehr eigentlich ausmacht. Gierig und exzessiv zwang mich die Rastlosigkeit zur unaufhörlichen Suche. Befriedigung fand sich meist nur temporär. Kurze, unbedeutende Intermezzi, die nichts weiter verursachten, als mir bewusst zu machen, wie sinnlos insbesondere die Suche und im im Grunde genommen alles sei. Dass die Leere niemals ausgefüllt werden könnte und dass jeder weitere Versuch, es doch noch auszuprobieren, das schwere, schwarze Loch nur noch um ein Vielfaches erweitern würde. Das Finden war meist nicht mehr als ein Selbstbetrug – bestenfalls. Schlimmstenfalls war es ein freier Fall ins Nichts, an dessen Ende der harte Aufschlag einer bitteren Enttäuschung lag. Und obwohl ich mir darüber stets im Klaren war, obwohl ich im Laufe der Jahre wusste, dass dem Gefühl des vermeintlich Gefundenen stets nur dasselbe folgte: schmerzende Trostlosigkeit und dann später ein immer größer werdender Hunger auf mehr. Ich habe ein Leben lang gehungert. Wie fühlt es sich eigentlich an, das Sattsein? Ich weiß es nicht. Nicht richtig jedenfalls. Nur einmal, da hätten nur zwei, drei Bissen gereicht, und ich glaube, ich hätte vielleicht doch noch ein wohliges Gefühl in meinem Bauch empfinden können. Aber es fehlten eben jene zwei bis drei Bissen. Wieder einmal. Vielleicht bildete ich es mir aber nur ein. Eine Phantasterei! Ja, die Phantasie ist das einzige Konstrukt der Seele. Für mehr bietet sie keinen Raum. In diesem Zusammenhang fällt mir der Spruch meines Philosophie-Professors wieder ein:

»Glück ist keine lineare Ebene, die von Punkt eins zu Punkt zwei führt.« Das hatte er stets in seinen Vorlesungen, den einzigen übrigens, die ich jemals bereitwillig und aufmerksam verfolgte, propagiert.

»Glück ist aber auch nichts Zyklisches«, erwiderte ich. »Glück ist ein Stück ausgekotzte Verlogenheit, finden Sie nicht auch, Herr Professor? Oder wissen Sie, was Glück ist?«

Er blieb mir stets eine Antwort schuldig. Glück, ich sah es oftmals kommen. Nicht bei mir, damit keine Missverständnisse entstehen. So viel Selbstmitleid sei an dieser Stelle mal erlaubt.

9.
Wenn Pornografie nicht besser schmeckt als ein angebrannter Pudding

Im Syndikat herrscht eine einnehmende Leere und Lautlosigkeit. Außer meiner Mutter und mir ist weder jemand zu sehen noch zu hören. Keine Möbel. Keine Wanddekoration. Keinerlei Spuren menschlichen Lebens. Ein Haus ohne Hüter. Die Luft schimmert nicht mehr bläulich. Hier zeichnet sie sich durch einen kaum wahrnehmbaren und dennoch gleich ins Auge fallenden hellroten Stich aus. Selbst die Ruhe ist nicht farblos. Sie kleidet sich in hellem Rosé. Ein bemerkenswerter Moment tiefster, bodenloser Stille umfasst mich. In diesem Augenblick empfinde ich erstmals die zermürbende Trauer, die sich Hinterbliebene bemächtigt: Ich trauere um mich und meine Mutter. Mit schwerer Bange spüre ich das Unechte dieser irrwitzigen Situation: wir beide, verstorben, umeinander trauernd. Kann das Gehirn mehr Absurdität ertragen? Meine Mutter und ich schauen einander an. Wir tauschen ein verunsichertes Lächeln aus. Wobei das nicht stimmt. Ich allein bin verunsichert. Sie scheint genau zu wissen, was jetzt folgen wird. Ich erwarte nichts Positives. Auf diese Weise kann man nicht sonderlich enttäuscht werden. So auch immer mein Lebensmotto. Nun ist es auch mein Todescredo. Ich verliere mich im Fluss dieses Gedankens und erwache erst, als mich eine sonore Stimme wieder zurückholt in die Kahlheit dieses gedrungenen Gebäudes, das so eindeutig nach unwiederbringlich verlorenem Leben stinkt.

*

»Haben Sie Ihre Frau jemals betrogen, Herr Friedberg?«

Das kann ja was werden, denke ich.

Eine Stimme, die ich keinem Gesicht zuordnen kann, stellt mir nun seit mehr als einer halben Stunde unaufhörlich Fragen. Wobei die Formulierung »Fragen« noch schönmalerisch ist. Es ist vielmehr ein inquisitorisches Ermittlungsverfahren, vor das ich mich widerwillig und völlig unvorbereitet gestellt sehe. Die Fragen folgen keinem Muster. Sie sind nicht nach thematischen Schwerpunkten geordnet. Haben keine augenfällige Gewichtung, keinerlei Struktur. Sie werden, so kommt es mir jedenfalls vor, völlig unbedacht in den Raum geworfen. Nur eins erfüllen sie alle: Sie sind allesamt unschicklicher, zudringlicher Natur.

Unvorbereitet fühle ich mich ihnen ausgesetzt und ich muss sagen, dass ich seitdem mit meinem Innern zu kämpfen habe. So tumultartig durcheinandergewirbelt fühle ich mich. Nicht die Fragen haben das verursacht, sondern die Antworten, die ich – und das wundert mich zutiefst – alle bereitwillig und unreflektiert gebe. Ich, der ich mich zu Lebzeiten von Fremden noch nicht einmal nach der Uhrzeit habe fragen lassen, weil ich dies als Eingriff in meine Privatsphäre empfunden habe, gewähre filterlos Einblick in mein Intimstes. Da soll man nicht verrückt werden.

»Haben Sie sie betrogen?«, insistiert die Stimme.

Die Frage müsste lauten: Wann haben Sie sie mal nicht betrogen?, denke ich und antworte:

»Ja, das eine oder andere Mal schon.«

Ungerührt fährt die Stimme weiter fort:

»Haben Sie schon mal gestohlen?«

»Ja, hab' ich. Einmal in der Grundschule. Die Brotstulle von Torben Helsiki«, antworte ich wahrheitsgetreu.

»Aber nicht, um sie selbst zu essen, sondern um ihm damit sein widerliches Schandmaul zu stopfen.«

Die Stimme scheint kaum beeindruckt von dem, was ich erzähle, ebenso wie meine Mutter, die desinteressiert dreinschaut. Die an mich gerichteten Fragen scheinen sie nicht sonderlich zu berühren.

»Haben Sie jemals darüber nachgedacht, jemanden zu töten?«

»Ständig«, entfährt es mir nahezu tonlos.

»Am liebsten hätte ich meine gesamte Familie niedergemetzelt.«

Den Blick auf einen Punkt in der Ferne gerichtet, füge ich dann nach einer kurzen Pause noch hinzu:

»Und wenn ich ehrlich bin, würde ich Sie jetzt gerade auch sehr gern meucheln.«

Die Stimme fährt in gewohnt aufgesetzter, monotoner Gleichgültigkeit weiter fort.

»Warum wollten Sie das mit Ihrer Familie?«

»Na, weil sie mir alle ebenso auf den Sack gingen wie Sie gerade in diesem Moment. Sie reizten meine Nerven bis aufs Blut. Wie soll man sich das da nicht wünschen?«

Ich stelle diese Frage in den luftleeren Raum und schaue dabei meine Mutter an. Sie aber weicht meinem Blick aus. Was sehr untypisch für sie ist. Spätestens jetzt hätte ich mit einem lautstarken Einspruch gerechnet. Da sieht man mal wieder, wie sehr der Tod einen verändern kann. Mutter schweigt und die Stimme fühlt sich scheinbar animiert, weiter einzudringen in die Tiefen meines Inneres.

»Haben sie schon mal Pornografie konsumiert?«

Habe ich. Aber das wiederum traue ich mich nicht, zuzugeben. Genauso wenig traue ich mich zu lügen. Nicht, weil ich nicht oft und gerne die Wahrheit zu meinem Gunsten umdeute, sondern weil es mir an diesem Ort deplatziert erscheint. Sicherlich nicht aus moralischen Gründen, sondern aus der Angst heraus, man könne erkennen, dass ich schwindle. Meine Mutter fährt sich mit Belanglosigkeit eine Strähne aus dem Gesicht. Bei jedem anderen würde ich denken, dass diese überpronončierte Zurschaustellung von Desinteresse gerade der Beweis für ihr enormes Interesse ist. Nicht aber bei Mutter. Sie hat es noch nie für nötig befunden, irgendjemandem irgendetwas vorzuspielen. Direktheit, am besten unverblümte, offensiv und oft auch gerne beleidigend, darin verstand sie sich stets am besten.

Ich nicke halbherzig, während ich Mutter dabei im Blick behalte.

»Sie haben also Pornografie angeschaut, heißt es das? Ich kann ihre Kopfbewegung nicht genau deuten!«

»Nun zier Dich doch nicht so, Junge. Antworte doch einfach«, fordert mich Mutter auf.

Sie lächelt mir ermunternd zu, wie um Spuren der Scham zu verwischen. Nicht ahnend, dass die Befangenheit gerade dadurch um so mehr an Gewicht gewinnt. Mutter, ein konzentriertes Bündel Taktlosigkeit! Sie war schon immer so sensitiv wie ein Schwangerschafts-Frühtest – ja und das ist ausschließlich ironisch gemeint. Mir fallen in dieser Situation einfach keine subtil gewitzteren Metaphern ein. Man möge mir das nachsehen.

»Los, Junge, muss Dich doch nicht dafür schämen! Pornografie ist nicht unappetitlicher als ein verbrannter Pudding.«

Das sagt sie tatsächlich. Genau so! Meine Mutter!

Das aus ihrem Munde zu hören, versetzt mir gelinde gesagt einen Stromschlag. Ich spüre, wie ein Blitz unangenehmer Gefühle durch meine Venen schießt. Mutter – eine Verfechterin von Pornografie? Weiß sie überhaupt, wovon sie spricht? Oder bemüht sie Sinnbilder, zudem auch noch poetisch stumpfsinnige, um es mir leichter zu machen, zu gestehen? Ohne zu vermuten, dass sie es mir mit ihren sprachlichen Derbheiten um ein Vielfaches erschwert, sinnbildlich die Hose runter zu lassen.

»Also, was ist nun: Hast Du oder hast Du nicht?«, insistiert sie, nunmehr energischer.

»Oder möchtest Du Dich nur mal wieder wichtig machen? Herr Gott nochmal, so warst Du schon immer!«

Der Fragende, wer auch immer es sein mag, fühlt sich durch die Vehemenz meiner Mutter angespornt, selbst nochmal mit Nachdruck nachzuhaken.

»Nun? Sie haben den Spannungsbogen schon zur Genüge überstrapaziert. Wir sind alle ganz Ohr!«

»Ja!«, schreie ich es heraus.

»Ja, habe ich!«

Meine Worte überschlagen sich dabei und ich erschrecke, weil ich eigentlich nicht mit der Imposanz in meiner Stimme gerechnet habe. Gelassener und gleichgültiger hatte ich es eigentlich herausbringen wollen. Nun ist es raus!

Meine Mutter lächelt, zu allem Überfluss auch noch zufrieden. Ich glaube gar einen Hauch Selbstgefälligkeit auf ihren Gesichtszügen zu entdecken.

»Siehst Du? Geht doch! War doch gar nicht so schwer!«

Ein blechernes Geräusch durchschneidet den Augenblick. Ich glaube, es ist ein stilles Glucksen, das im Hals meiner Mutter von tief unten nach draußen dringen mag, aber unmittelbar hinter dem Kehlkopf zu eben jenem blechernen Ton erstickt. Warum es nicht zu einem Lachen heranreifen kann, ist mir ein Rätsel. Vielleicht weil Schadenfreude nur auf leisen Sohlen schleicht?

Der Fragende verstummt. Aber nur für eine kurze Weile. Dann setzt er wieder an.

»Sie haben also Pornos geschaut! Empfanden sie dabei irgendwelche moralischen Bedenken? Sie wissen doch, was Moral ist und was sie ausmacht?«

Er sagt dies nicht mit Arroganz oder gar in einem belehrenden Ton. Es klingt sogar auf gewisse Weise versöhnlich und verständnisvoll. Und dennoch löst diese Frage Missbehagen und Wut bei mir aus.

»Nein, weiß ich nicht, was Moral ist«, sage ich nun ebenso bestimmend.

»Und wenn Sie es genauer wissen wollen, ist es mir auch vollkommen gleichgültig, was sie ausmacht, diese Moral. Ich hoffe, ich konnte Ihrer Frage damit genüge tun.«

Ich gebe zu, dass ich mich dies mit Selbstgefälligkeit sagen höre. Mehr noch: Ich fühle mich angespornt, mich zu einer Grundsatzdiskussion aufzuschwingen.

»Und wenn wir schon mal dabei sind, wer legt eigentlich fest, was Moral bedeutet? Sie etwa hier oben? Sind Sie der Beauftragte für Ethik? Glauben Sie, ich ...«

Mutter unterbricht mich.

»Albert, nun ist aber mal gut.«

Sie schüttelt den Kopf. Nicht energisch und doch für mich überdeutlich zu sehen. Und ich verstumme augenblicklich. Obwohl es mir alles andere als gefällt, wie sie mir über den Mund fährt. Weswegen ich mich dann zum Schweigen bringen lasse? Gute Frage!

»So war er schon immer, der Albert!« Das brüllt sie mehr oder weniger in den Raum hinein.

»Er hat immer alles in Frage stellen oder ins Lächerliche ziehen müssen. Immer. Nie konnte er einfach nur Ja oder Nein sagen. Nie. Und von Moral hat er ebenso viel gehalten, wie Max von Verlässlichkeit und Verantwortung. Nein, Albert müssen Sie nicht mit Moral kommen.«

Das habe ich jetzt gebraucht! Danke, Mutter!

Ihre dunklen Augen treffen sich für einen kurzen Moment mit meinen. Tief und unergründlich schauen sie mich an. Ein finsterer Schatten hat sich über sie gelegt.

Besonders moralisch ist sie selbst ja auch nie gewesen. Aber soll ich ihr das tatsächlich jetzt aufs Butterbrot schmieren? Dass ich sie als Kind immer dabei beobachtete, wie sie mit Onkel Heinz, jeden Dienstag von zwei bis Punkt vier Uhr in ihrem Schlafzimmer verschwand – nicht ahnend, dass ich unter dem Bett lag? Das erste Mal hatte es sich aus Zufall ergeben. Später hingegen, das gebe ich freimütig zu, machte ich mir einen Spaß daraus, ihnen aufzulauern. Na ja, und besonders moralisch klangen damals ihre Gespräche, die meist nur auf zwei bis maximal drei Sätze minimiert waren, nicht. Wahrlich nicht. Aber lassen wir das jetzt! Ich hoffe nur, dass die Stimme da nicht weiter drin rumbohren will.

Das zum Thema Moral!

Dem ausgesprochenen Wort Moral bin ich wer weiß wie oft im Leben begegnet. Überall stellte es sich mir in den Weg. Meist zusammenhanglos und meines Erachtens in der Regel völlig unangebracht. Immer wieder, beispielsweise wenn es darum ging, Frauen zu verführen, hielten sie Moral stets wie ein mahnendes Schutzschild vor sich. In großen Buchstaben stand darauf unmittelbar unter Moral: »Ich kann nicht mit Dir schlafen, weil ich verheiratet bin!«

Und ich fragte mich und sie jedes Mal, was das eine mit dem anderen zu tun hat. Worin liegt das Unmoralische, wenn zwei Menschen miteinander ins Bett gehen und der andere oder gar beide mit einem anderen zufälligerweise den Bund fürs Leben eingegangen sind? Mir erschloss sich die Frage nicht. Und wie schnell sich Moral wieder abbauen ließ! Gerade bei denjenigen, die sie mit übertriebener Vehemenz propagierten. Anders kann ich mir nicht erklären, dass die ach so glücklich verheirateten Frauen das Schild sehr schnell nach anfänglichem Geziere, das gehörte wohl zum Spiel, zur Seite legten, um mich dann umso plakativer mit unmoralischster Unverfrorenheit – und ja auch zügelloser Geilheit – zu verführen.

Unausgesprochen, da begegnete mir Moral allerdings noch viel häufiger. Überall. Beim Bäcker, wenn es mir in der Warteschlange oftmals zu langsam ging und ich einfach fluchend nach vorne preschte.

»Wie unmoralisch!«, stand dann meist auf den Gesichtern der Wartenden.

Dabei frage ich mich ernsthaft, was unmoralisch sein soll an simplem Drängeln? Oder ist es gar unmoralisch gewesen, jedes Mal, wenn ich in der Uni meine Professoren brüskierte, indem ich ihre theoretischen Darstellungen vom Leben ad absurdum führte? Das war nicht unmoralisch, sondern pragmatisch gedacht. Ebenso legitim erschien mir, Adele davon zu berichten, wie reizvoll und sexuell begehrenswert ich jede andere Frau im Vergleich zu ihr fand. Das zeugte bestenfalls von Ehrlichkeit, aber niemals von Unmoral.

Überall blitzte dennoch in den Augen des jeweils anderen in großen Lettern das Wort Moral auf. Unausgesprochen zwar und doch sehr deutlich vernehmbar. Wie eine würgende Schlange legte sich Moral dann um meinen Hals. Zog sich langsam zu. Die Luft zum Atmen schnürte sie mir allerdings nie zu. Ich schaffte es stets, mich ihrer zu befreien, sie abzuschütteln, so wie man sich Ekel erregender Würmer entledigt.

»Ich empfinde keinerlei moralische Bedenken, mir Pornografie angeschaut zu haben. Kein bisschen. Ich bereue es nur, dass es nicht noch mehr gewesen ist.«

Mehr wäre sicherlich noch drin gewesen, wenn mein dummer Videorekorder nicht ständig schlapp gemacht hätte. Ja, ich weiß, das klingt in diesem Zusammenhang doppeldeutig.

Meine Mutter zupft sich eine Fluse vom Ärmel. Oder zumindest sieht es so aus. Denn bei genauerem Betrachten gibt es da nichts zu zupfen. Sie hat gar keine langen Ärmel. Ihre Arme sind nackt. Sie trägt ein ärmelloses Shirt. Was wiederum sehr ungewöhnlich ist. Ich kann mich nicht erinnern, sie jemals so etwas tragen gesehen zu haben. Zugeknüpft, so kenne ich sie. Hemden, die noch nicht einmal den Hauch von Haut darunter vermuten ließen. Und hier? Hier zeigt sie sich freimütig und das beschränkt sich leider nicht nur auf ihr Outfit.

»Weißt Du, Dein Vater und ich, wir haben uns gelegentlich auch mal den einen oder anderen Film ...«

Mutter hat Vater gehasst! Das dachte ich zumindest. Aber wahrscheinlich war er dafür gerade noch gut genug.

»Nun ist aber Schluss, Mutter! Ich bin nicht gewillt, mir auch nur ein einziges Wort davon weiter anzuhören«, ersticke ich ihre Ausführungen im Keim.

Wie es mir ohnehin zuwider ist, weiterhin über dieses

leidige Thema zu sprechen.

»Was hat Pornografie eigentlich hier zu suchen?«, frage ich den Fragenden.

»Sehr viel, Albert. Geht es nicht immer darum im Leben? Und beeinflusst es nicht so vieles?«

»Mir scheint's, dass Sie diesem Thema mehr Gewichtung beimessen, als ich es jemals tat. Ich jedenfalls kann mich nicht daran erinnern, dass mein Alltag nur davon bestimmt gewesen sein soll. Es gab Dinge, die weitaus mehr Einfluss nahmen als zwei kopulierende Menschen auf Zelluloid gebannt.«

»Ach ja? Und was waren diese Dinge Ihrer Meinung?«

Meine Mutter schaut mich erneut erwartungsvoll an. Ihre Augen wirken nun hell und aufmerksam. Die trüben Schatten sind verschwunden. Neugier blitzt auf. Zu meinem Erstaunen fühle auch ich Neugier aufsteigen. Ich bin tatsächlich begierig zu wissen, welche Antwort ich nun für die passende erachte.

»Na, andere Dinge eben«, werfe ich kurz ein.

»Welche?«, entgegnen mir meine Mutter und der Fragende nahezu gleichzeitig.

»Na, Einfluss hatten zum Beispiel andere Dinge wie ...«

Es verärgert mich, dass sie mich in eine defensive Haltung hineingedrängt haben. Dass ich mich in die Ecke getrieben fühle. Eigentlich müsste ich nun kehrt machen und diesen Raum verlassen. Nur fällt mir nicht ein, wohin ich gehen sollte. Was mich wohl außerhalb dieses zum Syndikat deklarierten Gebäudes erwarten würde? Ich weiß es nicht nur nicht, es macht mir zudem Angst. Ja, Angst! Aber das ist nunmehr nichts Neues für mich.

»Liebe?«, wirft der Fragende in die Stille hinein.

»War es Liebe, die Dein Leben maßgeblich beeinflusst hat, Albert?«

Die Stimme duzt mich auf einmal!

Klar, kaum waren wir intim, wechselten zwei, drei Sätze über Pornografie und schon wird es heimelig. Davon mal abgesehen, dass ich glaube, einen Hauch Sarkasmus aus seinen Worten herauszuhören. Aber vielleicht bilde ich mir das nur ein.

»Ja, Liebe wäre so eine mögliche Sache, die von Bedeutung gewesen sein könnte«, antworte ich möglichst gefasst und ärgere mich über die übertriebene Verwendung des Konjunktivs, der meine vorgespielte Gelassenheit ganz eindeutig auf wackligen Beinen dastehen lässt. Keine Stunde im Raum mit dieser Stimme und ich mache mir ernsthaft Gedanken darüber, welcher Tempus der angemessenere ist.

Albert Friedberg, du bist ein Volltrottel!, denke ich mir – und das ausschließlich im Imperativ!

»Ja?«, fragt die Stimme.

»Ja!«

»Wen hast Du denn geliebt, Albert?«

»Wollen Sie, dass ich Namen nenne? Eine Liste mit lauter Namen?«, entfährt es mir barsch. Contenance zu wahren, das gehörte noch nie zu meinen Stärken.

»Eine Liste!«, presst die Stimme lachend heraus. »Mir würden bereits einige wenige Namen genügen.«

»Liebe lässt sich nicht konkret benennen. Liebe ist nichts Greifbares, was unbedingt in Worte gekleidet werden muss.«

»Nein, nicht in Worte, da hast Du Recht, Albert, aber Du könntest Menschen benennen, für die Du das abstrakte Gefühl von Liebe empfunden hast.«

Ja, das könnte ich, da hat sie recht, diese renitente Stimme, der ich am liebsten den Hals umdrehen würde. Aber geht das überhaupt? Hat eine Stimme einen Hals? Und falls ja, was würde es hier bringen?

Möchte ich das überhaupt, irgendjemandem einen Namen geben? Ich durchforste dennoch meine Erinnerungen nach möglichen Namen, nur um den Fragenden endlich zur Ruhe zu bringen. Ich suche in den Wirrungen meines abgeschlossenen Lebens. Wandle Pfade entlang, die jahrzehntelang nicht mehr begangen worden sind. Ich kämpfe mich durch das Dickicht einer in Versunkenheit geratenen Vergangenheit.

»Mir fällt spontan kein Name ein«, sage ich nach einer Weile. Meine Worte hallen hohl im Raum nach. Mutter schaut mit wissbegierigem Blick zu mir herüber und zuckt mit den Schultern.

»Niemand verlangt von Dir hier Spontaneität. Du hast genügend Zeit, weiter darüber nachzudenken.«

»Ich will mir diese Zeit aber nicht nehmen, verdammt noch mal«, schreie ich in eine Richtung, in der ich den Fragenden vermute.

Es herrscht Stille.

»Mensch, Albert, nun reiß Dich mal zusammen. Musst Du denn immer sofort die Beherrschung verlieren«, ermahnt mich Mutter.

»Was heißt denn sofort? Seit Stunden redet der auf mich ein, will alles Mögliche wissen. Der hat sich festgebissen wie ein aggressiver Wadenbeißer. Und außerdem: Was geht ihn das an, wen ich geliebt habe oder nicht!«

»Was ist denn daran so schlimm? Nun antworte endlich!«

Mutter stampft mit dem Fuß auf, aber vielleicht bilde ich mir das auch nur ein.

»Ich denke, dass er sich so vehement weigert, weil ihm keiner einfällt. Und das aus einem einzigen Grund heraus: Weil er nie irgendjemanden geliebt hat. So siehst es aus!«

Sarkastische Arroganz schlägt mir wie ein eiskalter Orkan ins Gesicht. Mein Körper bebt. Das Blut, es kommt mir vor, als ob es sekündlich durch meine Haut hindurch schwappen würde. Aber ich glaube, dass das gar nicht mehr geht. Rein physikalisch.

»Und ich habe es doch!«, erwidere ich, mehr zu mir selbst als zur Stimme. Und Mutter? Ich weiß gar nicht, ob sie es überhaupt gehört hat.

10.
Richard – Etüde in Blau

Unbekümmert gingen Richard und ich den Weg von der Schule nach Hause zurück. Meist im gemeinsamen Schweigen versunken die lange staubige Straße entlang. Dicht nebeneinander, kaum eine Handbreit voneinander entfernt. Wir waren so eng, dass mir der Duft der zart-weißen Haut um die Nase wehte. Ich atmete ihn ein. Ganz tief. War voll davon. Eine Mischung, die mich ebenso betörte wie erregte. Wonach es genau roch? Kein eindeutig zu klassifizierender Duft. Aber doch ganz eindeutig von individueller Einzigartigkeit. Es war kein sommerlich-erfrischendes Aroma, ebenso wie es kein winterlich Erdiges war. Richard roch weder nach Frühling noch nach Herbst. Es war nichts von alledem und hatte doch von allem ein wenig. Ein Potpourri von verschiedenen Nuancen, die so intensiv in mich eindrangen, dass es mir oftmals das Atmen und ja, auch das Denken erschwerte. Keinen einzigen klaren Gedanken konnte ich fassen. Es schwirrten die unglaublichsten Gedanken in meinem Kopf herum. Meist waren es losgelöste Überlegungen. Zusammenhanglos reihten sie sich aneinander, ohne auch nur einen einzigen Sinn zu ergeben. Und trotz ihrer verwirrenden Wirkung trugen sie mich mit entzückender Leichtigkeit durch die gemeinsamen Stunden. Ich ließ mich von ihnen antreiben und zugleich liebkosen, dabei stets mit einem verklärten Lächeln auf den lechzenden Lippen, die so sehr danach gierten zu verschmelzen. Oasen des Glücks. Wir lustwandelten meist unter klarem Himmel, tief azur war er. In meinen Ohren nur ein hellzartes Glockengeläute. Spaziergänge mit Richard – eine Etüde in blau.

Richard und mich verband jedoch viel mehr. Wir waren verloren. Beide, jeder für sich, verankert zwar, das schon, und dennoch einsamer als der einsamste Steppenwolf. Ich hatte so lange gesucht. Er um Weiten länger. Und als er anklopfte an mein schwankendes Haus, dessen Fundament aus feinsandiger Einsamkeit bestand, öffnete ich ihm nur zu gern die Tür. Ich ließ ihn eintreten: Ich, der ich Fremde hasste, gewährte ihm augenblicklich Einlass, dem Fremden, dem Faszinierenden, dem leisen, sanften Orkan, der alles niederreißen sollte, woran ich lange, viel zu lange, verkrampft – aber mehr aus Gewohnheit als aus Überzeugung – festgehalten hatte.

Ich riss mich los vom Weg des geringsten Widerstands. Ich, der ewig Grübelnde, erstickte alle Gedanken. Sicherheit, was bedeutet sie, wenn sich das aufpeitschende Meer darbietet wie eine Quelle neuen Glücks? Was wiegt da noch Sicherheit? Ich musste nicht lange darüber nachdenken: nichts! Ich warf alle Bedenken über Bord. Wollte das Wagnis mit allen Risiken. Wagemutig und freudig, ja, ich empfand wieder Freude. Wollüstig betrat ich den Pfad, den ich unbenutzt vor mir gesehen hatte. Den ich mich nie getraut hatte zu begehen. Bislang hatte ich mich umgeben gefühlt von Bäumen. Leblosen Holz-stämmen, denen ich nichts weiter abgewinnen konnte, als ihr Dasein einfach als gegeben anzunehmen. Aber Richard – er war inmitten dieses Waldes keine Sekunde Baum. Er war existent. Greifbares Leben, wenngleich kein gefahrloses. Aber vielleicht lag nicht zuletzt auch gerade darin der Reiz. Ich nahm sie an, zittrig zwar, aber ich nahm sie, seine Hand, die sich mir selbstbewusst ent-gegenstreckte. Ich griff nach Neuem, nach Sünde, nach Begierde. Und als ich seine Hand umschloss, blickte ich in meine Sehnsüchte, meine Hoffnungen, meine Gier. Wir waren uns so ähnlich, so eins. Nicht zuletzt auch durch unsere Liebe zu Heinrich Böll, den mir im Übrigen Richard erstmals in einer schwülen Nachmittag im Sommer nahe brachte.

»Magst Du mal was anderes lesen als lustige Comics?«, hatte er mich auf einem unserer Spaziergänge gefragt. Ich rechnete mit versauten Cartoons und bekam »Ende einer

Dienstfahrt«. Obwohl er damit meine libidinösen Hoffnungen zerschlug, nährte er meine geistigen Bedürfnisse um ein Vielfaches. Er hatte damit das Tor zu einer anderen Welt geöffnet und ich las fortan alles von Böll. Wir tauschten uns immerzu über seine Romane aus. Das zu meinem intellektuellen Interesse an Richard. Von unseren fleischlichen Gelüsten hingegen, darüber wagten wir nie zu sprechen. Obwohl ich doch nur den einen Wunsch hegte, ihn zu küssen.

Aber nie hätte ich mich getraut. Stattdessen begehrte ich, so wie Minnesänger nach der Unerreichbaren gieren, wohl wissend, dass ihr Buhlen niemals von Erfolg gekrönt sein würde. Ich jedoch verbat mir sogar das: Ich buhlte nicht. Wagte nicht zu buhlen. Ich zwang mir Enthaltung auf. Schmerzhafte Askese.

Wie qualvoll sie sein konnte, wurde mir immer wieder auf eben jenen langen Spaziergängen bewusst. Wenn ich so dicht neben ihm ging, sich unsere Körper hin und wieder zufällig berührten und ich die Wärme seiner zarten Haut an meinem Arm fühlte. Wie oft hatte ich mir gewünscht, aus der rein zufälligen Berührung eine vorsätzliche zu machen. Ihn zu spüren, was hätte ich dafür gegeben? Richard hätte mir nur einen einzigen konkreten Wink geben müssen, ich hätte keinen Moment gezögert, mich ihm hinzugeben. Obwohl ich mich eigentlich danach sehnte, dass er sich mir hingab. Doch Richard übte sich stets in Zurückhaltung. Niemals eine Andeutung. Niemals eine verbale Entgleisung. Niemals ein falsch zu deutendes Signal. Und dennoch bin ich mir sicher, zwischen all den scheinbar unbedeutenden Gesten Richards unterschwelliges Verlangen nach mir zu spüren. Es war nicht sichtbar und doch greifbar. Wie ein undurchsichtiges Band, das sich einerseits zwischen uns schob und uns andererseits aneinander kettete. Wir waren eine zweigeteilte Einheit, gepeinigt von falsch auferlegten Moralvorstellungen. Richard störte sich an ihnen mehr, als ich es tat. Er litt darunter. Das machte er mir unmissverständlich nach jedem Verstoß deutlich, der lediglich darin bestand, dass ich so manches Mal die Banalitäten einer rein zufälligen Berührung nutzte, um diese minimal auszureizen. Harmlose kleine Berührungen, die Richard jedoch zutiefst erschütterten. Sie warfen ihn regelrecht aus der Bahn, wahrscheinlich weil er genau so wie ich verstand, wie wenig harmlos sie hätten werden können.

Richards abgestumpfter Blick, er traf mich jedes Mal wie ein Blitz, wenn er mich ansah. Seine Augen waren so trübe wie ein Tümpel im Moor. Von undurchdringlicher Schwärze und manchmal auch von unwiderstehlichem Glanz – immer dann, wenn sich ein dichter Tränenschleier um sie legte.

»Ob ich denn jemals geliebt hätte, will das fragende Arschloch wissen!«, sage ich.

Nein, ich habe nicht geliebt. Ich habe mehr als das.

11.
Ein Arschloch auf Abwegen

»Käufliche Liebe? Wie sieht es damit aus?«

Ich leiste keinen Widerstand mehr.

Es ist eine Prozedur, der ich mich wohl oder übel aussetzen muss, das ist mir nun bewusst geworden. Und auf einmal erschließt sich mir auch der Grund, warum das Syndikat keine Türen hat. Nur die vielen winzigen Fenster, aus denen all die aufgestaute Wut hinausdampfen kann, die sich im Laufe der vielen Stunden im Verhör nach draußen Bahn bricht.

»Ja, auch das«, gebe ich unberührt zu.

»Wie oft?«

»Ich habe nicht nachgezählt. Nicht oft. Vielleicht zwei, drei oder vier Mal, weil ich sehr geizig bin.«

»Es waren sechzehn Mal!«, entgegnet die Stimme.

Meine Mutter steht auf. Sie geht langsamen Schrittes auf eine Wand zu. Unmittelbar davor hält sie kurz inne und dreht sich zu mir um.

»So wie Du Dich anstellst, kann das hier noch eine Ewigkeit dauern. Ich muss wieder zurück, Albert. Und tu mir mal den Gefallen, sei nicht immer so engstirnig. Du siehst doch, wozu das geführt hat«, sagt sie und geht auf eine Wand zu.

»Ich wünsche es mir sogar, Junge, dass Du Dich mal öffnest. Also spring mal ausnahmsweise über Deinen Schatten.«

Sie blickt noch einmal zurück und verschwindet dann hinter der Wand, deren Farben sich diffus ineinander verlieren.

»Wo gehst Du hin?«, frage ich sie.

»Wieso engstirnig? Was hat mich wohin geführt?«

Aber Mutter hört mich nicht mehr. Wobei das nicht zutrifft. Ich weiß, dass sie mich gehört hat. So hat sie es immer gemacht, wenn sie mir nicht antworten wollte. Was nicht selten der Fall war. Jetzt haben wir uns so lange nicht mehr gesehen und sie hat wieder keine Zeit. Wie kann das sein, dass man selbst hier unter Stress und Druck steht?

»Also?«, insistiert die Stimme.

»Warum gingen Sie zu Prostituierten?«

Sie holt mich raus aus meinen Gedankengängen über Mutter und, ja, auch über meine Enttäuschung darüber, dass sie mich allein zurücklässt mit diesem Inquisitor.

»Ich ging zu ihnen, weil es mit Adele nicht mehr funktionierte.«

»Natürlich, das ist völlig nachvollziehbar. Du gingst den Weg des geringsten Widerstand«, entgegnet der Fragende mit unverhohlener Verachtung.

»Dachtest Du niemals darüber nach, um Deine Ehe zu kämpfen, statt Deine Zeit außerehelichen Vergnügen zu widmen?«

»Zum einen gab es nichts zwischen Adele und mir, weswegen es sich zu kämpfen gelohnt hätte. Nie!« Ich mache eine kurze Verschnaufpause. Der Gedanke an Adele ist mir übel aufgestoßen.

»Zum anderen haben mich die so genannten außerehelichen Vergnügen alles andere als vergnügt. Sie waren lediglich unabdingbar. Wie so vieles unabdingbar ist, obwohl es im Grunde genommen keinerlei Spaß macht, geschweige denn einem Glücksgefühle verschafft. Aber so ist das nun mal mit Arschlöchern wie mir, sie sind stets auf Abwegen. Das liegt sozusagen in unserer Natur. Wir können gar nicht anders!«

»So wie Du im Übrigen zu keinem anderen Zeitpunkt so etwas Ähnliches wie Glück empfinden wolltest.«

Ironie, ich bin mir nicht sicher, ob die Stimme der richtige Adressat ist. Sei's drum.

»Das war niemals eine Frage des Wollens, sondern des Könnens.«

»Weil Du stets darum bemüht warst, Dir Dein Unglück vor Augen zu führen. Wohlgemerkt: Dein vermeintliches Unglück. Ich kann in Deiner Vita nichts erkennen, was auf tatsächliches Unglück hätte hindeuten können.«

Mit bohrender Vehemenz pocht er immerzu darauf, kein Unglück in meinem Lebenslauf zu erkennen.

»Ich weiß, Albert, dass es Dir gefallen hat, dieses Sich-Labsalen in einem Brunnen unendlichen Unglücks, in dem Du nur allzu gerne ertrunken wärst. Doch es hätte Dir noch nicht einmal bis zu den Knöcheln gereicht, Dein vermeintliches Unglück.«

»Ich werde nicht weiter darüber diskutieren, ob und inwieweit mein Leben unglücklich gewesen ist oder nicht. Das ist ein rein individuelles Empfinden. Wie können Sie das beurteilen, wo Sie doch überhaupt nicht erahnen, wie es in mir aussah?«

»Und wenn ich es doch kann, Albert? Wenn ich ganz genau weiß, wie es Dir in jedem einzelnen Moment Deines verkorksten Lebens ging? Was dann, Albert?«

»Dann haben Sie dennoch nicht das Recht zu beurteilen, ob ich zurecht unglücklich oder glücklich gewesen bin.«

»Dazu nicht, Albert. Aber doch habe ich das Recht nachzufragen, was Du Dir eigentlich dabei gedacht hast, Dein Leben so achtlos behandelt zu haben. Warum Du das Paradies, das sich Dir täglich darbot, so missachtet hast.«

»Paradies?« Ich fühle eine hitzige Welle in mir aufsteigen. »Paradies?«, wiederhole ich.

»Welches Paradies?«

Im Syndikat herrscht Stille. Es ist eine andere Stille als zu Beginn. Stiller als die stillste Taubheit. Ich höre nichts, noch nicht einmal meinen eigenen Atem.

»Es wundert mich nicht, dass Du keinerlei Sinn dafür hattest. Wie soll jemand die Farben des Lebens erkennen, wenn er blind ist wie ein Maulwurf. Wobei Maulwürfe, denke ich, sehender sind, als Du es je gewesen bist.«

Wieder kehrt Stille ein.

»Das Paradies bot sich mir also täglich dar, ja?«, will ich nach einer kurzen Weile wissen.

»Meinen Sie mit Paradies die entsetzliche niederträchtige Lücke, die mich von innen aufzehrte, so lange ich zurückdenke. Ist das eine Form des Paradieses? Der tägliche Kampf, die Lücke zu füllen oder sie zumindest nicht zu spüren, wohl wissend, dass das ein unmögliches Unterfangen ist?«

»Du hättest genügend Möglichkeiten gehabt, dieses Loch zu stopfen. Da waren Adele, Deine Tochter, Deine Eltern, Deine Schwester.«

»Und da fehlten Max und Richard.«

»Das ist typisch für Dich, Albert. Statt das zu sehen, was Du hast, schaust Du nur auf das, was Dir fehlt.«

»O nein, es ist kein bloßes Fehlen oder Vermissen. Der Verlust von Max und Richard, vor allem Richards, haben mehr als nur einen kleinen Riss in das Loch gerissen.«

»Ich weiß, Albert. Ich weiß« Die Stimme des Fragenden zeigt sich versöhnlicher.

»Aber Verluste säumen nun mal unser aller Wege, Albert. Du hättest trauern können, verarbeiten müssen, statt immerzu den einen Verlust für alles andere verantwortlich zu machen. Nein, Albert, Du hast das gebraucht, um zu rechtfertigen, dass Du nichts so sehr liebtest wie den Schmerz am Schmerz. Ja, Du hast Max geliebt und Richard um so mehr. Aber das kann und darf nicht die Erklärung für alles sein.«

»Und ob sie es sein kann. Als Richard ging, ging ein Teil von mir mit ihm.«

»Es war die nicht ausgelebte Lust, die Dir hauptsächlich zu schaffen gemacht hat. Du bist daran zerbrochen, ihn nicht besessen zu haben. Nicht schnell gewesen zu sein, ihn doch noch zu verführen. Du trauertest um die verpasste Chance. Du littest nur darunter.«

»Richard unter ein rein sexuelles Verlangen von mir zu subsumieren, ist ebenso vermessen wie impertinent. Richard war immer mehr!«

»Er war ein Seelenschmeichler. Du hast ihn begehrt, weil er so besonders war, so zartbesaitet und anders als die anderen. Und weil dieser besondere Mensch einen wie Dich so nah an sich heran gelassen hat, das hat Dich an ihm fasziniert. Das war es. Ihn zu erobern, wäre für Dich eine Wertschätzung Deiner selbst gewesen. Der Beweis für Dich, dass Du auch jemand Besonderem etwas wert bist.«

»Sie meinen, weil mich sonst keiner mochte?«

»Nein, nicht ich meine das. Du hast das immer gedacht!«

Ein Aufwallen längst vergessener Erinnerungen macht sich auf, mich zu überrollen. Ich denke zurück, an meine Kindheit, meine Jugend. Wie winzig kleine Mosaiksteine schwirren sie um mich herum. Da bin ich – ich sehe mich als kleinen Jungen. Dort – erblicke ich Lisa in der Küche sitzend neben meiner Mutter; hier – Böll während einer Lesung; daneben – mein Vater schwirrt um meinen Kopf herum wie eine angriffslustige Biene; und – Max versteckt sich im kleinsten Mosaiksteinchen hinter geballten Fäusten; dann wieder – ich als Kind, als Jugendlicher, als Mann. Das Karussell dreht sich. Mir wird schwindelig von all den Fragmenten. Die Erinnerungen schwirren wie ein zerschlagenes Mosaik umher. Ein Mosaik, das aus vielen kleinsten Elementen besteht. Sie sind so winzig, dass sie kaum sichtbar sind und nun fügen sie sich wieder zusammen zu einem Spiegel, einem, in dem man sich selbst nur noch schwer erkennen kann, weil er zu viele Risse hat.

»Ich habe das nicht nur gedacht, das war eine untrügliche Tatsache, dass mich niemand mochte. Niemand!«

»Ach nein? Und was ist mit Max? Und mit Deiner Mutter? Und Deinem Vater? Und ja, auch Adele hat Dich gemocht.«

»Haben sie? Mir wäre das neu. Und Adele hat mich verabscheut.«

»Du hast es ihnen aber auch nicht leicht gemacht, Dich zu lieben. Dafür hast Du es ihnen um so einfacher gemacht, sie zeitweise von Dir weg zu stoßen. Aber geliebt haben sie Dich zweifelsohne. Ja, vor allem Adele. Sie war verrückt nach Dir, als Ihr Euch kennenlerntet. Sie war es auch eine ganze Weile danach. Selbst als Ihr geheiratet habt, war sie um Dich und Eure Ehe bemüht. Sie hat so lange um Dich gekämpft.«

Bitter schmeckt der Speichel in meiner Kehle. Ich versuche ihn herunterzuschlucken, doch das gallige Aroma bleibt.

»Adele!«, entfährt es mir mit kehlig belegter Stimme.

»Adele!«, sage ich erneut.

Seitdem ich hier bin, neige ich zu Wiederholungen.

»Adele! Sie hat mein Leben zerstört!«

»Oder Du vielmehr ihres! Du hast wirklich all Deine Kräfte gekonnt gebündelt, um in ihr den letzten Funken Lebensfreude auszulöschen. Und ich gestehe: Das ist Dir mit Bravour gelungen. Nach Eurer miserablen Ehe war sie ein Wrack.«

Der Fragende hat sich in Rage geredet, so zumindest kommt es mir vor.

»Wusstest Du eigentlich, dass sie sich von Dir nie erholt

hat? Dass sie nach Dir nie wieder einen anderen Mann in ihr Leben gelassen hat?«

Obwohl ich mir nie darüber konkrete Gedanken gemacht habe, was aus Adele nach unserer Ehe geworden ist, wie sie gelebt hat, berührt mich diese Information auf unerfindlich befremdliche Weise. Ich weiß nicht, was ich erwartet hatte. Vielleicht, dass sie wieder verheiratet war oder so etwas Ähnliches. Obwohl ich mir nicht hatte vorstellen können, welcher Idiot außer mir sich auf sie hätte einlassen sollen. Und nun beschäftige ich mich gerade hier mit der Frage, warum sie nie wieder einen anderen gefunden hat.

»Die meisten waren wahrscheinlich schlauer als ich und sind schnell genug weggelaufen, bevor es zu spät war.«

Mit einem Lächeln auf dem Gesicht sage ich das. Diese Vorstellung, wie ein Mann vor ihr flüchtet, bereitet mir tatsächlich Vergnügen.

»Nur zu, Albert. Kleide deine Selbstzweifel weiter in beleidigendem Sarkasmus. Nein, an Angeboten mangelte es Adele nicht. Sie war schließlich stets eine attraktive, stilvolle Frau mit Herz und Verstand.«

»Dann reden wir wohl nicht von derselben Adele!«

Der Fragende überhört meine Zwischenbemerkung.

»Sie hat sich bewusst gegen eine Beziehung entschieden!«

»Warum? Weil sie keinen dümmeren als mich fand?«

Ich gefalle mir in der Rolle des Zynikers. Es verschafft mir gar größte Befriedigung, den Fragenden damit zu brüskieren.

»Nein, weil sie keinen mehr fand, den sie so liebte wie Dich!«

12.
Richard – Etüde in Schwarz

War es tatsächlich nur die reine Lust oder besser gesagt der Reiz des Verbotenen, der mich zu Richard hinzog? Sollte der Fragende Recht behalten? Ist es nur Lust, wenn man begehrt. Reine körperliche Lust? Immerzu begehrt und sich dieses Begehren ebenso schmerzhaft wie süß anfühlt? Ist es Lust, wenn die Gegenwart des anderen ebenso befreiend wie erstickend ist? Wenn sich Gedanken nur und ausschließlich bis zur Qual um den einen drehen? Wenn der Tag nichts anderem dient, als einer harmonischen Begegnung hinterher zu lechzen, und sei sie noch so flüchtig? Und wenn selbst ein Wort, ein einziges, vielleicht sogar ein völlig unbedeutendes, reicht, um sich daran unaufhörlich zu erfreuen? Um dann nichts weiter zu tun, als es sich unaufhörlich ins Gedächtnis zu rufen? Im Geiste es immer wieder zu hören, um jede einzelne Nuancierung für sich zu deuten? Und wie Furcht erregend bäumt sich die Abwesenheit desjenigen vor einem auf: wie ein gewaltiger, verschlingender Berg. Aufzehrend, vernichtend, niederschmetternd. Ist es immer nur und ausschließlich Lust, wenn die Abwesenheit so trostlos und fad schmeckt, dass man glaubt, nie wieder Appetit auf die lukullischen Genüsse zu bekommen, die das Leben andernorts bereit hält? Weil man nie wieder trinken will, obwohl man innerlich verdurstet? Weil man nie wieder essen will, obwohl der Körper schon schwach und ausgezehrt ist? Was ist es dann? Wenn der physische Verlust Angstzustände auslöst, wenn es die Kehle zuschnürt, den Atem abschneidet, den Lebenswillen untergräbt? Wenn Tränen keine Erlösung mehr sind, sondern nur noch ertränken, was ohnehin längst tot ist? Ist es reine Lust, wenn man glaubt, nicht mehr weiter leben zu können ohne die Existenz des anderen? Weil es auf einmal Nacht wird und die Sonne nie wieder den Horizont berührt? Als Richard ging, entschwand auch der Tag, die

Sonne, das Licht. Als Richard ging, verlor die Ewigkeit ihre Berechtigung und die Alltäglichkeit wurde zur Qual. Der Himmel trübte sich dunkel. Nicht nur nachts. Richard – eine Etüde in Schwarz.

Mein Herz schlägt schneller. Es pulsiert hektisch. Ich sehe das Grab, die frischen Blumen, atme den Geruch der aufgeschütteten Erde ein. Ein letzter Gruß.

»Von Mutter und Vater. Lebwohl!«

»In Liebe. Von Albert«, hätte ich gerne hinterlegt. Aber es erschien mir zu profan, meinen Gefühlen für ihn zu wenig gebührend.

Vor 30 Jahren sah ich ihn das letzte Mal. Das braune Haar, das der Chemie in seinem Körper zum Opfer gefallen war. Das wohlgeformte Gesicht eingefallen. Hohlwangig saß er auf dem Bett und schaute mich aus tiefschwarzen Höhlen an.

»Wie schön Du aussiehst, Albert!«, hatte er mir gesagt. Es war mehr ein zaghaftes Flüstern. Da konnte er schon kaum noch sprechen.

»Lebe, Albert, lebe!«

Hinter einem Tränenschleier nickte ich ihm zu. Stumm und lautlos.

»Wie soll ich das ohne Dich?«, fragte ich ihn mit erstickter Stimme nach einer Weile.

»Wie soll das nur gehen? Kannst Du mir das sagen?«

Ein sanftes, müdes Lächeln legte sich über seine Lippen. Für wenige Sekunden schloss er die Augen. Sie verschwanden hinter seinen ausgetrockneten Lidern. Ich konnte sehen, wie schwer ihm selbst das schon fiel.

»Du wirst es können, Albert. Das weiß ich«, hauchte er.

Ich hatte große Mühe, ihn zu verstehen.

Und während er da lag, mit verschlossenen Augen, griff ich nach seiner Hand. Ich hielt sie in meiner. Nicht sanft, nicht zaghaft, sondern fest, als ob ich ihn damit am Leben halten könnte. Und mit der anderen streichelte ich seinen Arm. Zum ersten Mal in all den Jahren gestand ich uns diese eine einzige Intimität ein. Vereint, zum ersten Mal – und zum letzten Mal. Haut an Haut. Zärtlicher hatten wir zueinander nicht sein können. Es war eine Vereinigung, die mehr war als nur körperliche Berührung. Wir berührten uns gleich auf mehreren Ebenen. Ein kalt-warmer Schauer überlief mich. Ich spürte Wärme, Geborgenheit, Endlichkeit. Ja, und auf gewisse Weise spürte ich auch Erregung. Keine animalische, nicht eine, die auf sexuelle Begierden ausgerichtet war. Es war eine demütige Erregung. Eine ängstliche und Glück auslösende. Hand in Hand – wie lange hatte ich diesen poetischen Augenblick herbeigesehnt und hätte niemals zu hoffen gewagt, dass er eines Tages wahr werden würde. Und nun saßen wir hier. Mein Körper von wundersamen Schwingungen der Endlichkeit durchströmt. Festgeklammert an eine Hand, die kaum mehr war als ein ausgedörrtes Stück Fleisch und die doch die überwältigende Präsenz eines übermächtigen, eines ganzen Körpers hatte. Kein ganzer Körper zuvor oder danach vermochte in mir das auszulösen, was Richards Hand bewirkte: ein Feuerwerk der unterschiedlichsten Leidenschaften. Ich hielt mich wie ein Ertrinkender fest an ihm. Wie zerbrechlich sein Handgelenk doch war. Wie sanft sich seine nahezu durchsichtige Haut, unter der die vielen Venen dunkelblau durchschimmerten, unter meinen Händen anfühlte. Vorsichtig hob ich seine Hand an und führte sie ehrfürchtig zu meinem Mund. Mit klopfendem Herzen tat ich das. Erregt und verängstigt zugleich. Erregt, weil ich gerade dabei war, den eigenen Wagemut zu überwinden. Ängstlich, weil ich ihn nicht brüskieren wollte. Doch trotz aller widerstreitenden Emotionen gelang es mir nicht, mich zu zügeln. Ich wollte sie mit meinen Lippen unbedingt berühren, diese Hände, nach denen ich so lange verstohlen geschaut hatte, in der Hoffnung, sie würden sich irgendwann aus freien Stücken in den meinen verlieren. Behutsam schob ich sie an meinen Mund, bis wir einander berührten. Mit geschlossenen Augen empfing ich sie und hauchte einen leisen Kuss darauf. Mit andächtiger Innigkeit küsste ich sie immer und immer wieder. Ich küsste. Und küsste. Benetzte sie mit so vielen Küssen, dass ich ihn darüber vergaß. Nur noch ich und seine wunderschönen Hände, die mich gar vergessen ließen, dass es das letzte Mal sein würde, ihm so nah zu sein. Ich küsste und küsste. Im Sinnestaumel gefangen merkte ich lange nicht, dass er mittlerweile seine Augen geöffnet hatte. Erst nach einer Weile des Küssens schaute ich auf. Sein gebrochener, matter Blick traf den meinen. Wie viel Zärtlichkeit kann sich in einem trüben Tümpel widerspiegeln? Wie viel Hoffnungslosigkeit daraus sprechen?

Er schaute und schwieg. Der Lautlosigkeit des magischen Moments lauschend, folgte er mit müdem Blick jedem meiner Küsse. Seine Hand ruhte dabei sehnsüchtig in meiner. Richard verzog keine Miene. Ernst beobachtete er mich. Schloss hin und wieder die Augen, um sie dann wieder für einen kurzen Moment zu öffnen. Ab und an verloren sich Tränen daraus. Kleine, winzige Tröpfchen der Hoffnungslosigkeit. Ich wischte sie mit der anderen Hand weg. Alle der Reihe nach. Eine Träne nach der anderen. Und als mir auch das zu wenig erschien, küsste ich sie ihm weg. Meine Lippen festgepresst auf den heißen Tropfen, die so lieblich und doch so bitter nach Endgültigkeit schmeckten. Jede einzelne Träne schluckte ich hinunter. Sie brannten schwer in meiner Kehle.

»Ich werd' ohne Dich nicht leben können, Richard. Oder besser gesagt nicht wollen!«, entwich es mir mit erstickter Stimme, dicht vor ihm gebeugt. Und zwischen jedem einzelnen Wort saugte ich die Tränen auf.

»Nein, das ist nicht möglich. Ich weiß es, es wird nicht gehen ohne Dich.«

Das Reden war kein Reden. Es war vielmehr ein undeutliches Wortgeflecht, das sich aus Verzweiflung und Wut entsponn. Ich schluckte schwer.

»... Du wirst es müssen ... ob Du nun willst oder nicht. .... Ob Du kannst ... oder nicht.«

Er lächelte sanft. Den Kopf leicht zur Seite geneigt. Sein Blick düster auf mich gerichtet.

Ich weinte. Hemmungslos. Aufzehrend. Mich schüttelnd. Wange an Wange.

Ich weinte.

Weinte um mein Leben. Um sein Leben. Um unser beider Leben. Um unsere Zukunft, um die wir gerade betrogen wurden.

»Albert«, ermahnte er mich sanftmütig.

»Mein liebster Albert!«

Fragend schaute ich ihn an. In seinen leblosen Augen blitzte für einen kurzen Moment einfordernde Gewissheit auf. Er war sich seiner Sache, unserer Sache, erstmalig sicher. Nur ich zögerte noch. Um mich dann über ihn zu beugen, ganz schnell und abrupt, aus Angst, mich würde in letzter Sekunde doch noch der Mut verlassen.

Doch als meine Lippen die seinen berührten, waren sie erloschen, die Gefühle, die sich jahrelang störend zwischen uns gedrängt hatten. All die Wände des Schams und falsch ausgelegter Moralvorstellungen zerfielen augenblicklich, als sich unsere Lippen vereinten. Nur kurz, nur sanft und doch so unauslöschlich eingebrannt.

»Albert ....« Er war kaum noch zu verstehen, nicht zuletzt, weil ich mittlerweile laut weinte. So hemmungslos, dass ich den Moment des Abschieds verpasste.

Das Lächeln war auf seinem Gesicht eingefroren.

Er ging auf leisen Sohlen, so wie er immer auf leisen Sohlen durchs Leben geschritten war. Ich hörte ihn dennoch ein Leben lang.

13.
Die Friedbergische One-Man-Show

Die Erinnerung an Richard hat einen faden Beigeschmack hinterlassen. Mein Mund ist trocken. Ich schlucke wieder schwer. Doch der Speichel will nicht hinuntergleiten. Er sammelt sich. In meiner Nase hat sich derselbe Geruch von damals eingenistet: Es stinkt nach Lavendelöl, mit dem Richard in der Klinik, warum auch immer, täglich eingerieben wurde. Ich schließe kurz die Augen – und sehe ihn daliegen, oder zumindest das, was von ihm zu dem Zeitpunkt noch übrig geblieben war. Während dieses Bild vor meinem geistigen Auge aufflackert, blitzt gleichzeitig ein anderer Gedanke auf. Ein Gedanke, der die Trübseligkeit des Moments aufwiegt. Der ihn sogar ausmerzt. Ich presse den staubigen Speichel hinunter. In der Nase ein Stück Freiheit.

»Ist er hier?«, frage ich den Fragenden.

»Wer?«

»Müssten Sie nicht eigentlich wissen, von wem ich rede?«

»Wieso müsste ich das?«

Die vermeintliche Unwissenheit des Fragenden und die ständigen Spitzfindigkeiten ermüden mich. Ich bin nicht länger bereit, sein Spiel zu spielen.

»Na, Richard!«

»Richard?«

»Jetzt sagen Sie nicht, Sie wissen nicht, worüber ich rede!«

»Doch, natürlich weiß ich das!«

»Also ... ist er hier?«

»Nein, Du wirst ihn hier nicht antreffen. Oder hattest Du etwa ernsthaft daran geglaubt? Jedenfalls jetzt und hier noch nicht!«

Sie sind mir zuwider, diese ständigen Gegenfragen. Diese nebulösen Anspielungen, die keinerlei Sinn ergeben.

»Natürlich nicht, sonst hätte ich doch nicht gefragt«, entgegne ich zunehmend mürrisch.

»Und was bedeutet *noch* nicht?«

Im Syndikat versinkt erneut alles in Stille. Eine bleierne Ruhe legt sich über den großen Saal, in dem sich nichts weiter befindet als eine grobschlächtige Lampe. Sie fällt mir jetzt erst auf, diese Lampe, die keinerlei Nutzen zu haben scheint. Sie ist weder schön, noch funktioniert sie. Inmitten eines allzu großen Raumes steht sie wie verloren da und ergibt keinerlei Sinn. Wie im Übrigen so vieles nicht.

»*Noch* nicht bedeutet, dass es jetzt wohl noch nicht der richtige Zeitpunkt dafür ist!«

»Der Zeitpunkt für was?«

»Na, für eine Begegnung.«

»Und wann wäre das? Der richtige Zeitpunkt?«

»Vielleicht nie«, sagt er geradezu geräuschlos.

»Albert, Du stellst einfach zu viele Fragen. Du müsstest dich duldsamer zeigen. Aber wenn ich recht überlege, gehörte Geduld nie zu Deinen Stärken. Immer musste bei Dir alles ganz schnell geschehen. Unüberlegte Handlungen, darin kannte sich niemand so gut aus wie Du. Du bist regelrecht ein Virtuose des überstürzten Vorgehens. Ungeachtet der Konsequenzen bist Du stets nach diesen Prinzipien verfahren. Nicht zuletzt, als Du Adele und Marcella Hals über Kopf verlassen hast. Ohne ein Wort des Abschieds. Einfach so: Früh morgens aus dem Haus und nie wieder zurückgekehrt! Hast Du Dir jemals darüber Gedanken gemacht, wie Deine Frau und Deine Tochter damit haben weiterleben können? Wenn man zwei vertrauten Menschen von heute auf morgen ohne Vorwarnung die Existenz nimmt? Ihnen mit bra-chialer Gewalt den Boden unter den Füßen wegreißt? Kannst Du Dir vorstellen, wie es sich anfühlt, das endlose Warten auf die Rückkehr? Die dumpfe Ahnung, dass alles schlagartig vorbei ist? Das Hineinstürzen in die Leere eines schwarzen Loches?«

Die Stimme des Fragenden wird von Wort zu Wort schriller. Ich habe das Gefühl, dass die tonale Färbung der

Stimme verschwimmt, bis sie konturlos wird. Sie ähnelt keiner Stimme im üblichen Sinne, sondern erinnert vielmehr einer Aneinanderreihung von unmelodiösen Tönen. Ein aufdringliches Summen, das in meine Ohren dringt.

»Ich habe lange abgewägt, was richtig und was falsch ist. Ich habe lange überlegt, wie es weitergehen könnte. Irgendwann kam ich zu dem Schluss, dass ich so nicht weiterleben konnte. Dass ich an Adeles Seite unterge-gangen wäre und dass auch ihr dasselbe widerfahren wäre wie mir. Also was sollte ich anderes tun als gehen?«

Ich hole zwischendurch Luft.

»Zu gehen! Ja, Du hättest gehen können, Albert. Das hätte Dir niemand übelgenommen. Aber zogst Du nie in Erwägung, Dich mit Anstand und Würde zu verabschie-den? So wie es Millionen andere Menschen auch tagtäglich tun. Was hätte gegen eine saubere Trennung und Scheidung gesprochen? Stattdessen gingst Du wie ein Dieb in der Nacht durch die Hintertür, ohne ein einziges Wort der Erklärung. Adele hat Jahre gebraucht, um sich davon zu erholen. Geschweige denn Marcella. Sie musste ohne ihren Vater groß werden, nur weil der nicht den Mut hatte, sich seinen Ängsten zu stellen.«

»Niemals habe ich irgendjemandem bewusst weh tun wollen. Ich habe mir nichts dabei gedacht!«

»Und gerade darin liegt die größte Tragödie Deines Lebens! Dieses sich über nichts oder eben zu viel Gedanken zu machen, damit hast Du Dir alles kaputt gemacht, Albert. So wie Du jedem in Deiner unmittelbaren Umgebung stets vor den Kopf gestoßen hast mit Deinen unsensiblen Bemerkungen. So wie Du jeden mit Deinen ureigensten Gedanken konfrontiert hast, ohne jemals auf Konventionen und Gefühle Acht zu geben. Oder glaubst Du etwa, Du hättest Lisa einen Gefallen damit getan, ihr immerzu auf den Kopf zusagen zu müssen, wie abscheulich Du sie findest?«

»Aber Lisa war abscheulich! Und außerdem glaube ich

nicht, dass sie den Intellekt hatte, um deswegen verletzt sein zu können. Sie hat überhaupt nicht verstanden, was ich ihr sagte.«

»Das glaubst Du, Albert, ohne jemals hinter die Fassade Deiner ach so unsensiblen Schwester geschaut zu haben. O nein, Albert: Jedes Mal, wenn Du sie eine billige, unterbelichtete dicke Schlampe nanntest, brach für sie eine Welt zusammen. Du stürztest sie damit in ein noch tieferes, dunkles Loch, in dem sie ohnehin feststeckte und aus dem sie sich selbst nicht allein befreien konnte. Wusstest Du, dass Lisa jahrelang einen Therapeuten aufsuchte, weil sie sich mit niederdrückenden Selbstwertgefühlen herumplagte?«

Der Fragende macht nur eine kurze Pause. Er wartet und erwartet dennoch keine Antwort.

»Nein! Woher solltest Du das wissen? Du hattest keinerlei Interesse an ihr oder irgendjemand anderem aus Deiner Familie. Und jeder wusste, dass Du selbst das, die Tatsache, dass sie zur Therapie ging, für Dich, für die Friedbergische One-Man-Show, ausgeschlachtet hättest.«

»Sie glauben also tatsächlich, ich sei ein Freak auf Rollschuhen gewesen, allzeit bereit, jeden zu überrollen, der sich mir in den Weg stellte.«

»Einen besseren Vergleich hätte ich nicht heranziehen können.«

Marcella und Adele

»Es war eine trostlose Beerdigung. Ich glaube, die trostloseste, der ich je beigewohnt habe.«

Marcella streicht sich eine Strähne aus dem Gesicht. Sie steckt das lose Haar hinter das Ohr. Ihr Blick schweift in die Ferne, so als ob sie irgendwo in der Weite noch einmal die Bilder des Morgens vorbeiziehen sehen würde.

»Womit hattest Du denn gerechnet?«, fragt Adele mit

ausdrucksloser Miene.

»Er war ein fürchterlicher Mensch. Wer soll schon gern zu ihm hingegangen sein? Er kann froh sein, dass Du und Lisa da gewesen seid, obwohl er auch das eigentlich nicht verdient hätte.«

Adele beißt sich auf die Lippen, so wie sie es immer macht, wenn sie aufgestaute Gefühle nicht zum Ausdruck oder besser gesagt zum Ausbruch bringen möchte. Ihr Mund blassrosa und verkrampft.

»Ich kann ohnehin nicht verstehen, warum Du das unbedingt wolltest.«

Marcellas Blick verweilt noch immer in der Weite. Sie sieht den Sarg, das Grab, die aufgeschüttete Erde und immerzu den einen Gedanken: Vater ist tot!

Vater ist tot!

Sie spürt einen Schmerz. Keinen pochenden, brennenden, sondern vielmehr einen betäubenden. Und doch ist er latent fühlbar – irgendwo zwischen Brustkorb und Bauch greifbar.

»Ich musste, Mama!«, antwortet sie mehr zu sich selbst als zu Adele. »Ich musste es einfach tun!«

»Aber warum? Du hast Dich nie für ihn interessiert und er im Übrigen auch nicht für Dich. Warum wolltest Du ihm diese eine letzte Ehre erweisen, wo er Deiner Ehrerbietung nicht würdig war?«

Adele beißt sich weiterhin auf die Lippen. Allerdings fester. Das Blassrosa weicht einem feurigen Rot. Ihr Mund steht in Flammen. Sie ringt um Fassung, will Marcella nicht mit ihren Gefühlen überfordern.

»Ja, ich weiß und Du hast Recht, Mama. Er hat es nicht verdient. Und doch war es mir wichtig, Abschied zu nehmen.«

Die beiden Frauen verharren minutenlang in Schweigen. Sie schauen einander an. In fragender Skepsis miteinander gefangen.

»Ich war es nicht ihm schuldig, sondern mir selbst. Ich

wollte diesen Mann, der mein Leben durch seine Abwesenheit mehr belastet hat als jeder andere, durch seine Anwesenheit auch sinnbildlich zu Grabe tragen. Ich musste mich vergewissern, dass mein größter Albtraum tatsächlich nun ein Ende gefunden hat. Kannst Du das denn nicht verstehen, Mama?«

Adele sieht ihre Tochter an. Blickt in die ihr vertrauten Augen, die denen Alberts auf befremdliche Weise so ähnlich sind: dieselbe Form, dasselbe Blau, derselbe intensive Blick. Verwässert, wann immer sich überbordende Gefühle aufschwangen. Dann wurde aus dem Blau auf einmal ein mattes Azur. Sie verloren augenblicklich an Leuchtkraft und Vitalität. Stattdessen muteten sie verloren und verzweifelt an. Und gerade diese Zerbrechlichkeit verlieh ihnen diesen unwiderstehlichen Reiz des Besonderen.

»Doch, doch. Auf gewisse Weise verstehe ich Dich. Ich kann nachvollziehen, was Dich dazu bewogen hat und ich hoffe, dass Du diesen Mistkerl nun ein für alle Mal aus Deinem Leben lässt. Es wird langsam Zeit, ihn zu begraben, Marcella.«

Adele sagt dies mit Nachdruck. Sie ist zwar bemüht, ihren Worten die nötige Gelassenheit zu verleihen. Doch fiel es ihr schon immer schwer, im Zusammenhang mit Albert die Contenance zu wahren.

»Du hasst ihn sehr gehasst, nicht wahr, Mama?«

Marcellas Frage trifft sie unvorbereitet. Noch nie zuvor hat Marcella das auf solch plakativ unmissverständliche Weise wissen wollen.

»Du hast ihn gehasst, stimmt's? Schon immer und tust es noch bis heute?«

Alberts Gesicht blitzt vor Adeles geistigem Auge auf. Übergroß vor ihr. Wie er sie ansah, mit einer Mischung aus Sarkasmus und Wut. Wut auf jeden, der ihm über den Weg lief. Wut, die er grundsätzlich und meist völlig grundlos gegen sie richtete. Sie sah seine hellwachen Augen auf sie gerichtet, in denen sich der Zorn widerspiegelte, der aber in erster Linie, das begriff sie allerdings erst viele Jahre später, gegen sich selbst gerichtet war. Ein unerschöpflicher Ingrimm, der seine Kräfte aufzehrte. Dieses Gefühl hatte im Laufe der Zeit so viel von ihm abverlangt, dass er müde geworden war, weiter zu existieren wie gewöhnliche Menschen. Albert verstand es, jedem Moment seines Lebens wie mit einem schweren Stempel eine gewisse Trostlosigkeit und Schwere aufzudrücken. Er hatte zwar immer mal wieder versucht, Haltung und Selbstachtung ausstrahlen zu wollen, doch das war ihm auf Dauer nicht gelungen. Er gestand sich einfach nichts zu. Traurigkeit überzog meist seinen Blick. Nur wenn er schrieb, ging ihm alles leicht von der Hand. Da war er losgelöst von Adele, Marcella, sich – von der Welt. Beim Schreiben schwebte er leichtfüßig wie eine Gazelle dahin in die Ferne, in der er noch unerreichbarer schien, als er es ohnehin war. Ein unüberwindbares Meer lag dann zwischen ihnen. Ein stürmischer Ozean von Buchstaben und Sätzen, denen Albert Feinsinn, Geist und Leidenschaft eingehaucht hatte. Jede einzelne Seite seiner Bücher atmete Poesie, Liebe, Hingabe.

»Woran denkst Du gerade, Mama?«

Marcellas Frage holt sie zurück ins Jetzt, während das Vergangene im Hintergrund wie eine Videokassette weiter abgespult wird. Adele sieht sich zwischen Marcella und Albert.

»Mama?«

Marcella geht einen Schritt auf Adele zu. Liebevoll legt sie einen Arm auf deren Schulter.

»Was ist los, Mama?«

Adele schüttelt den Kopf, so als ob sie damit die belebten Bilder von sich abwerfen könnte.

»Es ist alles in Ordnung. Ich dachte nur kurz über früher nach, wie es war mit Albert!«

»Und? Hast Du ihn gehasst?«

Mit zugeschnürter Kehle durchforstet Adele ihren Vorrat an Erinnerungen und findet den Schmerz.

»Nein! Ich habe ihn im Grunde genommen nie gehasst! Nie! Ich habe nur eins gehasst. Nur eins«, sagt sie mit abwesender Stimme.

»Was, Mama?«

»Dass er mich nie hat lieben können! Dass er nur seine Literatur geliebt hat. Seinen Böll, ja, den hat er über alle Maßen verehrt. Das war seine Welt. Alles andere zählte nicht.«

Ihre Augen füllen sich mit Tränen, als sie das sagt. Sie fühlt dieselbe verzweifelte Hoffnungslosigkeit von damals in sich aufkommen, die sie immer empfand, wenn ihr bewusst wurde, dass Albert ihre Gefühle niemals erwidern würde. Ganz gleichgültig, was sie auch tat, wie sehr sie sich bemühte, er konnte oder wollte sie nicht lieben.

»Hast Du ihn denn geliebt?«

Marcellas Worte zeugen von Ungläubigkeit und Verwunderung.

»Ja! Das habe ich. Und zwar vom ersten Augenblick an, als ich ihn sah und seine Geschichten las. Ich war sofort verrückt nach ihm. Nach diesem Mann, dessen Worte von so viel Wärme und Sanftmut zeugten. Seine Bücher waren beseelt von einer milden Liebenswürdigkeit. Niemals zuvor hatten ein Mann und auch seine Bücher solch intensive Gefühle bei mir ausgelöst. Um so glücklicher war ich, als auch er meine Liebe zu erwidern schien. Das dachte ich zumindest zu Beginn. Aber schon bald merkte ich, dass er rein gar nichts für mich empfand. Schlimmer noch, dass er mich noch nicht einmal sonderlich mochte. Er blieb zwar bei mir, aber ich ahnte, dass er das nur tat, weil er sonst niemanden hatte. Dennoch ließ ich mich darauf ein. Es war mein sehnlichster Wunsch, dass er eines Tages doch noch lernen könnte, mich zu lieben. Damals ahnte ich nicht, wie sehr sich meine Hoffnungen zerschlagen würden. Stattdessen betete ich jeden Tag, dass sein Herz sich für mich erweichen würde.«

Adeles Augen sind starr auf Marcella gerichtet. Sie schaut durch sie hindurch wie durch einen langen, dunklen

Tunnel, an dessen Ende nicht irgendein Licht aufflackert, sondern das dunkle Nichts.

»Jede Nacht flehte ich Gott an, diesem Mann Liebe einzuflößen. Aber ich glaube, dass selbst Gott dieses Wunder nicht hätte vollbringen können. Albert war einfach nicht empfänglich für Gefühle jedweder Art. Er liebte noch nicht einmal sich selbst. Eigentlich liebte er sich am allerwenigsten. Er liebte nur das Schreiben und diesen verfluchten Böll. Etwas anderes gab es für ihn nicht.«

Es ist dunkel geworden im Zimmer. Die beiden Frauen stehen sich immer noch in unnatürlicher Haltung gegenüber. Adele mit durchgedrücktem Rücken und kerzengerade. Marcella in ebensolcher Steifheit dicht vor ihr.

»Deswegen konnte er mich nicht lieben. In seinem Kopf und Herzen war einfach kein Platz für etwas anderes. Die Welt um ihn herum war ihm zuwider, weil sie ihm zu real war. Seine eigene hingegen, die er tagtäglich in seinen Büchern neu erfand, die konnte er nach seinen Richtlinien erschaffen. Darin agierte er, liebte er, lebte er. Nach Stunden des Schreibens war er deswegen nicht selten erschöpft und ausgelaugt. Da fiel ihm der Umgang mit realen Menschen umso schwerer. Ich glaube, dass er mich zudem auch noch gehasst hat, weil er sich durch die Hochzeit an mich gebunden fühlte – gebunden an eine reale Frau. Das war ihm zuwider. Ich war für ihn all das, was er verachtete: Bürgerlichkeit, Sesshaftigkeit, Spießigkeit, Wirklichkeit. Und als ich dann schwanger wurde, war es endgültig vorbei. Da sah ich es überdeutlich in seinen Augen, wie unwohl er sich bei mir, in unserem Haus, fühlte. Meine Nähe schnürte ihn ein. Doch statt ihn frei zu lassen, drängte ich mich ihm noch auf, weil ich dachte, es könnte dadurch vielleicht besser werden. Und jedes Mal, wenn er mich von sich stieß, rückte ich weiter vor und erreichte nur, dass er sich immer weiter zurückzog.«

Die Dunkelheit hat sich nun endgültig im Raum Bahn gebrochen. Adele kann lediglich die Silhouette ihrer

Tochter erkennen. Das Licht anschalten wollen jedoch beide nicht. Es könnte sich schamhaft über das Erzählte legen. Einer angestaubten Vergangenheit, die bislang nie das Licht der Gegenwart erblickt hatte. Jede Erinnerung war jahrelang fest verschlossen, in den Tiefen eines verschwiegenen Gedächtnisses.

»Meine Hoffnungen starben nach Deiner Geburt. Als ich sah, dass auch Du ihn nicht für uns gewinnen konntest, wusste ich, dass es keinen Sinn mehr hatte zu kämpfen.«

Die aufpeitschende Verzweiflung jener Tage und endlosen Nächte steigt in Adele mit derselben Bitterkeit von damals auf. Adele fühlt sie. Brennende Pein der Verzagtheit.

»Es zerriss mich zu sehen, wie wenig Du ihm bedeutetest. Seine Gleichgültigkeit war kaum auszuhalten und doch hatte ich nicht den Schneid, ihn zum Teufel zu jagen. Stattdessen blieb ich, obwohl ich nun genau wusste, dass es keine gemeinsam praktikable Zukunft für uns gab. Mir blieb bestenfalls eine angekränkelte Gegenwart. Und seine Bücher. Ich las sie. Jedes einzelne. Saugte jeden Buchstaben auf und münzte jedes liebes Wort auf mich. In der Hoffnung, ihn besser zu verstehen, las ich auch jedes Buch von Böll. Darin suchte ich nach irgendeinem Schlüssel, der mir das Tor zu seinen Gedanken und zu seinem Herzen öffnen sollte. Aber ich fand nichts. So sehr ich Bölls Bücher auch mochte, sie enthüllten mir nicht, warum Albert ihn so maßlos übertrieben liebte. Das war unsere Ehe. Sie bestand nur aus einem Haufen beschriebenem Papier, spielte sich lediglich zwischen zwei Buchdeckeln ab. Und dennoch blieb ich. Aus Liebe! Aber auch aus Angst vor dem Alleinsein, aus Egoismus und Hilflosigkeit. Ich wusste, dass auch er nur aus diesen Gründen bei uns blieb. Er hatte keine andere Alternative: trotz Erfolg. Obwohl er gefeiert wurde, hatte er nicht die Kraft, die Stärke, eine bessere Frau, ein anderes Zuhause, eine weitere Perspektive zu suchen. Ich ahnte damals nicht, dass er das alles gar nicht brauchte. Dass er einfach lieber allein sein wollte als mit uns.«

Es entsteht eine Pause, die sich zwischen Adele und Marcella wie eine überlange Brücke erstreckt. Stille! Marcella hört den schweren Atem ihrer Mutter. Sie kennt das von Adele immer dann, wenn ihr etwas besonders schwer zusetzt.

»Das muss schrecklich für Dich gewesen sein, Mama. Du hast sicherlich sehr gelitten.«

Sanft legt sie ihre Hand um die Schulter ihrer Mutter. Knochig und zerbrechlich fühlt sie sich an. Sie hat sehr an Gewicht verloren die letzten Jahren. Sie wird immer ein Stück weniger. Wie lange kann das gehen?, fragt sich Marcella. Wie lange kann ein Körper degenerieren, bis er zerfällt? Marcella schaut sich ihre Mutter an. Und obwohl sie nicht viel von ihr im Dunkeln sieht, weiß sie dennoch, dass es nicht mehr lange dauern kann.

»Gelitten!«

Adele macht eine Pause. Sie atmet nun wieder schwer.

»Gelitten«, wiederholt sie.

»Es hat mich innerlich zerrissen, regelrecht aufgezehrt, zu sehen, wie ich ihn jeden Tag ein Stück mehr verlor.«

Adele schluckt laut. Sie hat Angst vor dem, was sie als nächstes sagen wird. Aber sie weiß, dass sie es sagen will. Sagen muss. Es brennt ihr in der Kehle, schon seit vielen Jahren. Und nun möchte sie es hinauspressen, die nackte Wahrheit, die so wenig für die Ohren einer Tochter bestimmt ist und dennoch ausgesprochen werden muss.

»Ich habe sogar gebilligt und ertragen, dass er neben mir andere Frauen hatte!«

Ruckartig greift sie nach Marcellas Hand. Fest umklammert hält sie sie zwischen ihren eiskalten Fingern.

»Ja, das habe ich!«, flüstert sie heiser.

»Und dafür verabscheute ich mich zutiefst.«

Kalt ist es im Zimmer geworden. Unnatürlich kalt. Marcella friert. Adele zittert.

»Er schlief mit anderen Frauen und dann kam er zu mir.«

Adele möchte das ihrer Tochter ersparen. Doch ihre

Worte lassen sich nicht mehr eindämmen. Sie fließen wie ein rauschender Bach aus ihr heraus. Mit der Gewalt eines übermächtigen Wasserstrudels. Sie spricht. Nicht beschämt, sondern couragiert, wie es siegessichere Krieger sind, wenn sie in eine Schlacht gehen. Ebenso geht Adele in den Kampf gegen die viel zu tief vergrabene Vergangenheit. Die zwar vergangen war und dennoch mit Präsenz die Gegenwart beherrschte. Schamhaft hat sie sich stets daran zurückerinnert an all die Demütigungen und Tränen.

»Manchmal, wenn er zu mir ins Bett kroch, da roch er noch nach ihnen. Ganz intensiv hatte ich das Parfüm seiner Schlampen in der Nase ... ich ... ich ... hab Stunden gebraucht ... um wieder einschlafen zu können.«

Die Stille im Raum drückt die beiden Frauen nieder. Zentnerschwer und bleiern hüllt sie sie ein.

»Warum?«

In Marcellas Warum liegt weitaus mehr als ein bloßes Warum. Es ist eine Bandbreite von Fragen, die sie allerdings nicht in Worte fassen kann. Denn eigentlich will sie die Mutter danach fragen, warum sie dem Mistkerl all die Affären zugestanden hat. Weshalb sie sich so hat demütigen lassen. Warum sie ihn nicht zum Teufel gejagt hat. Warum sie ihm das nicht verboten hat. Ihm zumindest eine Szene machte? Warum diese Erniedrigung? Diese würdelose Selbstverachtung? Aber Marcella fragt einfach nur:

»Warum?«

Kurz zwar, aber voller verzweifelnder Hilflosigkeit angesichts der verzweifelnden Hilflosigkeit, der ihre Mutter einst ausgeliefert war.

»Warum nur, Mama?«, hakt sie nach, nachdem Adele immer noch schweigt.

»Weil ich hoffte, dass er sich anderswo das holte, was ich ihm nicht in der Lage zu sein schien zu geben. Aber ... aber eigentlich war es auch aus Angst!«

Adeles Stimme wird leiser. Marcella hat große Mühe, sie

zu verstehen.

»Ich wollte ihm alle Freiheiten gewähren, weil ich fürchtete, ihn zu verlieren, falls ich ihm die Seitensprünge verbieten würde. So sieht's aus.«

Der Schmerz schmerzt in derselben Intensität von einst. Er hat sich kaum verändert. Pochend, brennend zerrt es an ihren Nerven, hämmert in ihrem Kopf. Sie fühlt denselben dumpfen Stich, die ähnlich leidvolle Qual in ihr aufsteigen.

»Gelitten habe ich wie ein Schwein ... und ich glaube, dass ich ihn dadurch erst recht stückweise verlor. ... Meine krankhafte Toleranz für sein Verhalten hat ihn noch mehr abgestoßen. Er hätte sicherlich mehr Respekt vor mir gehabt, wenn ich mir seine Affäre verbeten hätte, statt sie zu akzeptieren. Dadurch hat er den letzten Funken Respekt, wenn er ihn denn überhaupt jemals für mich gehabt hat, verloren. Und ihm selbst haben sie rein gar nichts gegeben. Ganz gleichgültig, mit wie vielen Frauen er schlief, er kam von ihnen noch leerer zurück. Ich sah in seinen Augen danach ein tiefes, schwarzes Loch. Es zehrte ihn auf, fremdzugehen und er machte es dennoch immerzu, in der verzweifelten Hoffnung, das Vakuum in sich ausfüllen zu können.«

Marcella drückt die Hand ihrer Mutter noch fester. Sie ist froh, dass sie ihr Gesicht nicht sehen kann. Dass sie ihrem Blick nicht standhalten muss. Was würde er jetzt verraten? Würde er ihre verlorene Würde, ihren verlorenen Stolz bloßstellen? So wie ihn einst Albert bloßgestellt hatte. Nein, Marcella wollte das nicht sehen. Sie wollte der Verlorenheit in Adeles Augen nicht begegnen.

»Ach ... Mama ... ich bin so unendlich traurig ...«

Marcella weint. Leise und doch nicht zu überhören.

»Ja ... ich weiß ... mein Verhalten ist weder nachvoll- ziehbar ... noch verzeihbar ... aber ich habe ihn einfach so unendlich geliebt ... so geliebt wie keinen anderen Mann zuvor oder danach. Ich liebte ihn, wie man nur lieben kann. Eine perverse, abnormale Liebe. Eine zerstörerische. Eine, die sowohl mich, aber auch ihn zugrunde gerichtet hat. Ich bin mir sicher, ... hätte ich ihn weniger geliebt, ... wären wir glücklicher gewesen. ... Es ging jedoch nicht. Dennoch war es traurig für mich zu sehen, wie er sich selbst immer ein Stück mehr verlor.«

Adele weint. Laut und nicht zu überhören. Sie weint, so wie sie damals weinte, jedes Mal, wenn Albert nachts von einer seiner Geliebten nach Hause kam. Sie schluchzt. Und lässt sich in die Arme ihrer Tochter fallen. Beide Frauen fest umklammert von einer niederdrückenden Dunkelheit, die selbst vom grellsten Licht einer elektrischen Lampe nicht erhellt werden könnte.

»Als er ging, vollzog er eigentlich nur das, wofür mir der Mut fehlte: Er machte unserem Elend ein Ende und ersparte mir, zuzusehen, wie er vor die Hunde ging.«

Lisa und Roland

»Ich kann es noch immer nicht glauben, dass er tot ist.«

Missmutig nippt Lisa an ihrem Kaffee und stellt die Tasse gedankenverloren ab.

»Du hast ihn zwanzig Jahre nicht gesehen! Was macht das nun für einen Unterschied, ob er jetzt tot ist?«, fragt Roland.

»Einen sehr großen. Zu wissen, dass er nicht mehr da ist, bedeutet, dass wir einander nie wiedersehen werden.«

»Hattest Du etwa damit gerechnet, dass Ihr Euch noch mal treffen würdet?«

»Nein! Aber ich hatte es gehofft. Somit starb nun auch die Hoffnung.«

Lisas Blick schweift über Roland hinweg zurück in die Küche ihres Elternhauses, dort wo sie die meiste Zeit ihrer Kindheit verbracht hat. Sie erinnert sich an das disharmonische Miteinander, das ihre Familie wie ein beengendes Korsett beisammen hielt. Es war nie ein wirkliches Miteinander. Sie fühlten sich vielmehr angekettet, wie es Insassen einer Zuchtanstalt sind, bis sie ihre Haftstrafe abgesessen haben und in die Freiheit entlassen werden. So war es für sie früher. Sie, Max und Albert wurden durch ihre Jugend angetrieben von dem Gefühl, schnellstmöglich erwachsen zu werden, um der Kälte und Leere ihres Elternhauses zu entfliehen. Um der Sinnlosigkeit endlich einen Sinn zu geben. So lange galt es, das übermächtige, greifbare Schweigen, das tagtäglich im Hause herrschte, zu überbrücken. Gespräche fanden kaum statt. Und wenn ja, dann waren sie meist minimalistisch gehalten. Warum sollte man reden, wenn man doch streiten konnte? Nur der Vater, der stritt nie. Selbst dann nicht, wenn die Mutter über ihn herfiel wie eine Hyäne über ihre Beute. Gerade dann versank er in ein noch tieferes Schweigen, das oftmals stunden- bis tagelang anhielt, bis er sich von seinem Rausch erholt hatte.

Die meiste Zeit verbrachte Lisa in der Küche bei ihrer Mutter. Sie saß dann am Tisch. Während die Mutter kochte und fluchte. Fluchen war für sie Gefühlsausdruck: ganz gleich ob Wut, Hass, Verärgerung oder Ingrimm – sie fluchte. Und wenn sie mal nicht fluchte oder mit dem Vater stritt, stand sie hinter ihren Kochtöpfen und rührte irgendwelche Soßen zusammen. Seltene Oasen der Ruhe.

Ihr Vater geisterte in diesen dünngesäten Momenten des Waffenstillstands im Haus herum, heimlich trinkend, ohne je eine wirkliche Aufgabe zu haben. Er schien stets deplatziert, orientierungslos, abwartend auf die Anweisungen oder Beschimpfungen der Mutter. Max war nie da, selbst wenn er mal da war. Albert stand eigentlich immer nur im Abseits. Er war nicht einfügbar, noch weniger als alle andere. Wie ein Fremdkörper wirkte er, wie jemand, der einfach nicht dazugehört. Oftmals saß er stundenlang in seinem Zimmer und schrieb. Zunächst Gedichte, später kleine Geschichten, für die sich niemand interessierte.

»Schau mal, Mama, magst Du ein Gedicht von mir lesen?«, wagte er hin und wieder den zaghaften Versuch, die Mutter für seine Leidenschaft, die einzige, die er je besaß, zu begeistern.

Aber weder mochte, noch wollte sie.

»Hab keine Zeit für diesen Quatsch. Du solltest Dich lieber bemühen zu wachsen, als diesen nutzlosen Mist niederzuschreiben.«

»Magst Du mal meinen Mist lesen?«, fragte er daraufhin Lisa, wohl wissend, dass auch sie keine Lust haben würde. Und den Vater zu bitten, machte wenig Sinn.

»Ich würde ja sehr gern, Albert, aber Du weißt, ich hab's nicht so mit dem Lesen! Ich mag lieber Musik«, pflegte er stets lakonisch abzuwehren.

Gehört hat er sie aber nie. Die Mutter duldete im Haus keine Laute, die die ihre womöglich übertönt hätten.

Albert hatte seine Frage stets mit verhaltener Stimme gestellt. Es war mehr ein ängstliches Bitten als Fragen. Irgendwann fragte er gar nicht mehr. Man sah ihn nur noch stumm vor sich hin gehend. Seine Einsamkeit hinter sich herziehend. Oftmals im Halbdunkeln sitzend, vor einem Blatt Papier. Versunken in eine Welt, die keiner kannte und zu der nur er allein Zugang hatte. Elitär war sie, diese Welt. Befreiend und beengend zugleich. Das Schreiben, es war sein einziger Zufluchtsort, die Spielwiese seiner Phantasien, das Füllhorn seiner Leere. Entrücktheit überzog dabei seinen Blick. Niemand wusste und wollte wissen, wovon seine Geschichten handelten. Erst als Lisa und Albert nicht mehr miteinander sprachen, hatte sie einen Blick in die Bücher seines Bruders gewagt und erfahren, was ihn all die Jahre zuvor bewegt hatte.

»Jeder seiner Romane war ein Zeugnis seines anmutigen Geistes. Er sprach darin von der Liebe, wie sie graziöser nicht sein könnte und mit solch einer geschliffenen Wortwahl vom Leben, dass es mich zu Tränen rührte«, sagt Lisa.

»Sprichst du von Alberts Büchern etwa?«, will Roland wissen.

»Ja, natürlich. Er war ein begnadeter Schriftsteller. Hochtalentiert. Ich hab ihn bewundert und mich dafür gehasst, dass ich ihm das in unserer Kindheit nie habe sagen können, weil ich ihn ständig von mir stieß.«

»Aber Lisa, Albert war ein Arschloch! Ein überaus unangenehmes dazu!«

»Das war er nicht immer. Er war ein sehr sensibles, aufgewecktes Kind. Immer von anderen – ja auch von uns – gehänselt, weil er anders war. Weil er kleiner war als all die Jungs in seinem Alter. Weil er lieber geschrieben hat, statt sich zu raufen oder mit Autos zu spielen. Weil er lieber gelesen hat, vor allem seinen Böll. Für den hat er geschwärmt wie von einem Gott. Es war schon peinlich, wenn er sich denn mal daheim zu Wort meldete, um sich dann nur zu Monologen über Böll aufzuschwingen. Besonders schlimm wurde es, nachdem er mal eine Lesung seines großen Vorbilds besucht hatte. Danach sprach er fast ausschließlich nur noch von ihm und seiner Literatur. Das war grässlich und völlig übertrieben. Mutter verbat ihm mit der Zeit den Mund. Sie konnte es einfach nicht mehr hören. Und ich, ehrlich gesagt, auch nicht. Aber so war Albert eben, er hat immer in Extremen gedacht und gelebt: entweder ganz oder gar nicht. So war er in allen Lebensbereichen: Entweder nur zu Hause oder, wenn draußen, dann war das meist nur mit Ärger verbunden: Das einzige Mädchen beispielsweise, das er mal hin und wieder traf, das schwängerte er gleich. Bei uns im Dorf hätten sie ihn deswegen fast gesteinigt. Meine Eltern haben da viel aushalten müssen. Albert aber war sich der Tragweite seines Handels gar nicht bewusst. Er verstand damals all die Aufregung nicht. Ich glaube, es war ihm sogar egal. Ihm fehlte das Einfühlungs- und Urteilsvermögen. Irgendwie gingen seine Gefühle und sein Moralverständnis nie konform mit der Gesellschaft. Zumindest machte er diesen Eindruck nach außen. Ja, und dann war da ja noch diese, sagen wir mal, besondere Freundschaft mit dem Nachbarjungen Richard, die natürlich auch für sehr viel Aufsehen gesorgt hat. Das war schon ein kleiner Skandal hier im Dorf, dass die beiden zierlichen Buben sozusagen über die Maßen des sittsam anerkannten zu innig miteinander umgingen. Mutter hat ihm deswegen sogar den Kontakt zu Richard verboten. Das machte damals alles nur noch schlimmer. Albert konnte Richard nur noch heimlich treffen, was jedoch nicht unbemerkt blieb. Es war ein Drama, das sage ich Dir. Er ist immer irgendwie aufgefallen. Allerdings stets nur negativ.«

Lisas Blick verliert sich in den grauen Ausdünstungen der Vergangenheit. Von trüber Schwere wird es durchtränkt, das fast Vergessene, das nun ganz brachial wieder an die Oberfläche schwappt.

»Er hat nachts oft heimlich geweint. Ich hörte seine Tränen, sein ersticktes Winseln«, erinnert sie sich.

»Aber ihn danach gefragt, was los sei, das habe ich nie. Ich wollte seinen Kummer nicht hören, mich nicht damit belasten. Wir waren alle einfach zu sehr mit uns selbst und unseren eigenen Problemen beschäftigt. Nur einmal hat er mich gefragt, warum er denn immer alles falsch machen würde. Da war ich sehr verwundert, dass er sein Verhalten überhaupt reflektiert und sich doch einiger Dinge bewusst ist.«

»Und was hast Du ihm geantwortet?«

Lisa verstummt. Sie lässt ihr Schweigen andauern, zieht es in die Länge, bis Roland erneut nachfragt.

»Was hast Du ihm geantwortet?«

»Ich schaute ihm mit Genugtuung ins Gesicht und sagte: › Na, weil Du ein mieser Versager bist!‹«

Lisas Gesicht verfinstert sich.

»Seine Hilflosigkeit machte es mir leicht, ihn zu erniedrigen. Ich habe es in diesem Moment genossen, ihm weh zu tun. So war die Grundstimmung bei uns zu Hause. Jeder schien sich übertrumpfen zu wollen.«

Die Scham und Reue darüber, sie bleibt auf ewig konserviert.

»Und ja, jahrelang habe ich mich dafür gehasst«, flüstert sie heiser.

»Es tut noch immer weh, darüber nachzudenken.«

»Mensch, Lisa, nun mach Dir doch bitte keine Vorwürfe,

dass Du Schuld wärst an seinem verkorksten Leben.«

»Nein, das mache ich doch gar nicht. Ich allein war ja nicht schuld. Wir alle waren es auf gewisse Weise und er natürlich am allermeisten. Das weiß ich.«

Lisa streicht sich eine Strähne aus dem Gesicht. Ihre Sicht vernebelt sich. Sie ist noch immer ganz geblendet von der Tragweite ihrer Erkenntnis: von der Lieblosigkeit, die ihrer aller Kindheit beherrscht hat und an der sie alle auf ihre ganz individuelle Weise erstickt sind.

»Eines Tages schlug es um. Einfach so. Er änderte sich. Aus dem kleinen, leisen, einfühlsamen Kind wurde ein ein großer, lauter, abgestumpfter Jugendlicher. Er war nicht mehr wiederzuerkennen. Seine Zunge so scharf wie ein Messer. Es war schwer, mit ihm verbal mithalten zu können, weil er jeden in der Familie niedergemetzelt hat, sobald der zu sprechen begann. Albert war von solch einer schneidenden Ironie, einem solch ehrabschneidenden Sarkasmus, dass irgendwann niemand mehr mit ihm sprach. Also, noch viel weniger als ohnehin. Jetzt machte es einfach keinen Sinn mehr. Er war wie ein abgehetztes Tier, das stets auf der Lauer war, um zuzuschlagen. Sein wacher, stechender Blick erinnerte an den eines angriffslustigen Adlers. Manchmal machte er mir Angst, sogar mehr als Max, weil der nicht Alberts Scharfsinn besaß. Max war von einfältiger Bedrohlichkeit. Sie war leicht einzuschätzen. Man musste ihm nur aus dem Weg gehen. Albert hingegen war weitaus subtiler und nicht durchschaubar. Nur im Umgang zu Richard und Max waren bei ihm Züge menschlichen Verhaltens wiederzuerkennen. Da zeigte er sich beizeiten sogar geschmeidig und zahm. Als beide starben, so schien mir, erloschen auch diese letzten Funken Zwischenmenschlichkeit. Er verlor den letzten Halt, die Verankerung ans reale Leben. Seins spielte sich fortan nur auch auf dem Papier ab. Er schrieb wie ein Besessener. Tag und Nacht. Eingesperrt in einem Zimmer. Es gab nichts anderes. Nur selten ging er aus. Eines Tages, da teilte er uns dann unvermittelt mit, dass er ausziehen würde, wohin, das wusste keiner so recht. Wir sahen ihn kaum noch. Bis er den Kontakt zu uns abbrach. Einfach so. Niemand wusste, warum. Er war einfach nicht mehr erreichbar. Noch nicht einmal zu seiner eigenen Hochzeit lud er uns ein. Ich lernte Adele und Marcella erst kennen, als er auch sie Hals über Kopf verließ.«

»Er ertrug niemanden um sich, außer sich selbst«, stellt Roland fest.

»Ja, so war es. Und ich bin mir sicher, dass er sich selbst am allerwenigsten mochte. Er mochte sich nur, weil er das Medium war, mit dessen Hilfe er seine Gedanken zu Papier bringen konnte. Die letzten Jahre soll er kaum noch vor die Tür gegangen sein. Er hat jedes Jahr einen Roman geschrieben. Hat sogar Preise für seine Literatur gewonnen, wurde zu einigen Fernsehsendungen eingeladen. Er lehnte sie alle ab. Er gab keine Interviews, machte keine Lesungen, vermied jeglichen Kontakt zu seinen Lesern. Mit seinem Agenten Arnim sprach er meist nur übers Telefon. Irgendwann weigerte er sich auch, ihn zu treffen. Ihre Zusammenarbeit gestaltete sich zunehmend schwieriger. Arnim hielt dennoch tapfer zu ihm. Sicher auch deswegen, weil Albert – ungeachtet dessen, wie er als Mensch war – ein grandioser Schreiber war. Aber ich denke, dass er sich selbst seines Erfolges überhaupt nicht bewusst war. Ob er mitbekam, dass man seine Literatur schätzte und liebte? Aber wahrscheinlich war ihm das alles gleichgültig wie so alles andere. Aus diesem Grund haben wir auch die Beerdigung unter Ausschluss der Öffentlichkeit gehalten. Marcella und ich dachten, dass er es genauso hätte haben wollen. Am liebsten hätte er auch auf uns beide verzichtet, das weiß ich durchaus, aber das schien uns dann doch zu pietätlos.«

Den Blick auf einen Punkt in der Ferne gerichtet, streicht sich Lisa müde über die Stirn.

»Lisa, glaube mir, ich denke, der Tod ist das Beste, was ihm passieren konnte. Er war einfach lebensuntauglich.«

14.
Das laut hörbare Schweigen einer tonlosen Stimme

Ich schwitze – so wie ich es immer mache, ich meine machte, wenn ich unterzuckere. Wie gern hätte ich just in diesem Moment etwas Süßes, das ich langsam auf meiner Zunge zergehen lassen könnte. Oder ein frisches Glas frisch gepressten Orangensaft, der würde sofort ins Blut schießen. Aber hier? Nichts weiter als – nichts. Seit wie vielen Stunden habe ich schon nicht mehr gegessen? Ich weiß es nicht und ich bin auch nicht hungrig. Es ist vielmehr Gewohnheit als Hunger. Mir fehlt das Gefühl des Essens, nicht das Essen als solches. Verrückt, das Ganze.

»Und?«

Der Fragende dringt weiter insistierend in mich ein.

Er will irgendetwas wissen. Von mir will er dieses Irgendetwas wissen. Ich weiß aber nicht, was genau. Seit den letzten Minuten fühle ich mich so unterzuckert, dass ich kaum noch einen klaren Gedanken fassen kann, geschweige denn, dass ich seinen sinnlosen Fragen folgen könnte.

»Was und?«, raunze ich ihn an.

»Merken Sie denn nicht, dass ich völlig unterzuckert bin und dringend etwas brauche!«

Der Fragende kichert. Es ist ein leises, eindringliches und durchaus spöttisches Kichern.

»Was gibt's da zu lachen?«

Ich merke, wie ich zunehmend ungehaltener werde.

»Das ist unmöglich. Absolut nicht im Rahmen des Möglichen«, antwortet der Fragende und ich höre deutlich aus seiner Stimme heraus, wie er bemüht ist, nicht zu lachen.

»Eine Unterzuckerung ist hier nicht möglich, Albert. Hast Du das denn immer noch nicht verstanden?«

»Was ist es dann?«, entgegne ich.

Die aufgelöste Zeit vergeht wie ein Windhauch und verliert sich im Dunst der nachhallenden Frage.

»Jedenfalls keine Unterzuckerung!«, antwortet die Stimme. Beharrlich ist er bis zur Sturheit. Das zweifelsohne.

»Vielleicht bildest Du Dir das alles nur ein. Das wäre durchaus im Rahmen des Möglichen. So wie Du Dir beispielsweise eingebildet hast, alles richtig gemacht zu haben. Oder hast Du Dein Verhalten jemals in Frage gestellt?«

Da haben wir es wieder: eine Aussage wie ein unvorhergesehener Schlag in die Magengrube! Darin versteht sich die Stimme hervorragend.

»Wann hast Du Dich das letzte Mal bei irgendjemanden für Deine Fehltritte entschuldigt? Wobei diese Frage in Deinen Ohren sicherlich befremdlich klingen dürfte. Schließlich hast Du niemals, laut meines Wissens, jemanden um Verzeihung gebeten. Und zwar einzig und allein deswegen, weil Du, Deiner Meinung nach, niemals etwas Falsches getan hast und weil Du zweitens, falls Du es Dir zugestanden hast, niemals Entschuldigung gesagt hättest. Das wäre unter Deinem Niveau gewesen, stimmt's, Albert? Davon mal abgesehen, dass Du zu sehr damit beschäftigt warst, Dir Dein Elend vor Augen zu führen, um zu erkennen, was Du anderen angetan hast.«

Die Stimme versucht sich an einem sanfteren Ton. Ja, es ist eine deutlich vernehmbare Bemühung herauszuhören, die der eindringlichen Aufdringlichkeit jedoch keineswegs die Schärfe nimmt. Das Gegenteil ist sogar der Fall. Ich mag sie ohnehin nicht, diese Stimme mit ihren wechselnden Tonschattierungen. Nein, ich lasse mich nicht von ihr einlullen. Ich nicht!

»Entschuldigung! Ist dieses Wort so schwierig auszusprechen?«, fährt sie fort.

»Im Gegenzug hast Du erwartet, dass andere sich bei Dir entschuldigen. Du hast es regelrecht genossen, wenn es andere taten. War das für Dich ein schönes Gefühl, wenn andere sich vor Dir so bloßstellten? Und wie war es dann für Dich, jedes Mal, wenn Du die Entschuldigungen nicht nur nicht annahmst, sondern auch in den Wunden anderer wühltest, Albert? War es anregend für Dich, zuzusehen, wie Deine Liebsten die Hosen runter ließen?«

Wenn das Maß voll ist, ist es voll!

Ich gebe zu, dass das kein besonders eleganter Sinnspruch ist und ich bezweifle sogar, dass es ihn so in dieser Form überhaupt gibt, aber es ist mir auch – mit Verlaub – scheißegal. Somit beschließe ich erneut und dieses Mal durchaus feierlicher, dass das Maß endgültig voll ist.

»Ich habe keinerlei Lust mehr, auf Ihre Fragen einzugehen. Sie führen zu nichts. Alles, was geschehen ist, ist geschehen. Das Geschehene kann selbst durch Ihre gestellten Fragen nicht geändert werden.«

»Nein! Aber Deine Antworten könnten sehr aufschlussreich sein.«

»Worüber sollten sie Aufschluss geben? Würden meine Antworten irgendetwas daran ändern, dass ich Adele in einer Nacht- und Nebel-Aktion verlassen habe? Dass ich sie für die Männerwelt verdorben habe? Würden sie Marcella ihren Vater zurückbringen? Wäre ich ihr dadurch ein besserer Vater gewesen? Wäre sie dadurch auch nur ein wenig mehr glücklicher? Was würde es bringen, wenn ich die Ihrer Meinung richtigen Antworten geben würde? Wäre mein Leben dadurch ungeschehen? Hätte ich hier die besseren Chancen?«

Ich merke, wie mein Puls hochschnellt.

»Ich habe nichts zu bereuen. Habe nichts, wofür es sich zu entschuldigen gibt.

Es entsteht eine kaum auszuhaltende Pause, in die ich mich mutig hineinzwänge.

»Nichts!«, sage ich überprononciert.

»Nichts!«, wiederhole ich lauter.

»Nichts!«, stelle ich erneut fest.

»Das Schicksal müsste sich bei mir entschuldigen. Darüber könnten wir reden.«

Ich hole kurz Luft.

»Ansonsten über nichts Weiteres!«

Schreiend presse ich das Wort »Nichts!« ein letztes Mal heraus.

So viel Gepolter muss erlaubt sein. Ja, auch hier!

»Vollkommen zufrieden war ich. Ja! Das war so. Mir hat es an nichts gefehlt. An nichts. Nein, ... überhaupt nicht ... Ich ... war glücklich, ... ja, ... glücklich ... Und ich habe nichts Unrechtes getan, ... gar nichts ...«

Der Fragende hüstelt. Auf die unangenehm-unnatürlichste Weise. Ein Geräusch, das seltsam leblos bleibt.

»Glücklich!«, wiederholt die Stimme nach einer Weile wie ein kränkelndes Echo.

»Glücklich?«, wiederholt sie.

»Also glücklich nennst Du das? Ich kann mich nicht daran erinnern, Dich das jemals sagen zu hören. Du hast niemals so gedacht oder gefühlt, Albert. Jemand, der sich glücklich wähnt, hätte sicherlich andere Wege gewählt, um seinem Glück Ausdruck zu verleihen, Albert. Findest Du nicht? Oder er hätte zumindest ein ehrenrührigeres Ende gefunden, als das Du Dir ausgesucht hast.«

Über seinen Worten hat sich eine Trübung gelegt, die mir das Atmen erschwert. Eine Woge der Verlorenheit umspült mich.

»Was soll das denn schon wieder heißen?«, presse ich kehlig heraus.

»Was soll das bedeuten? Ich war glücklich. Und was kann ich dafür, dass mein Herz völlig unerwartet seinen Geist aufgegeben hat?«

Ich fühle mich von der Ungerechtigkeit des Fragenden in eine hilflose Einsamkeit gestoßen, dir mir – mal wieder – Angst macht. Nicht minder einschüchternd empfinde ich die Sinnwidrigkeit seiner Fragen. Wie kann der Mensch für einen Tod verantwortlich gemacht werden, für den er nichts kann und für ein Leben, das er als glücklich empfunden hat.

Ich warte. Auf eine Antwort. Auf einen Hinweis.

Aber der Fragende ist still. Ich höre ihn nicht. Nicht mehr. Ausharrend stehe ich nun da. Wünsche mir, dass er etwas sagt. Dass er meine Frage beantwortet. Wenigstens diese eine letzte. Er aber schweigt. Anders als sonst. Es ist ein laut hörbares Schweigen. Selbst das Dampfen, das aus den winzigen Fenstern bislang unaufhörlich zu hören war, ist erstarrt.

»Sind Sie noch da?«, frage ich nach einer Weile.

Ich frage nicht mit der mir sonst so eigenen Souveränität. Ich frage vielmehr eingeschüchtert und – ich gebe es ungern zu – auch wieder ängstlich. Die entstandene Stille jagt mir Furcht ein.

»Sind Sie noch da?«, wiederhole ich mit zittriger Stimme.

»Hallo?«

Meine Stimme hallt im luftleeren Raum nach. Ich höre sie überdeutlich.

»Hallo?«

Das unangenehme Tremolo meiner Stimme beunruhigt mich.

»Hallo?«, rufe ich mit mittlerweile heiserer Stimme.

Der Fragende schweigt.

»Ich war glücklich«, wiederhole ich.

»Oder zumindest habe ich mich bemüht, es zu sein. Ein Leben lang war ich auf der Suche danach … nach diesem Scheiß Glücksgefühl … nach der einen wahren Begegnung, die mich glücklich gemacht hätte. Nach dem einen wahren Ereignis, dem alles verändernden … Ich suchte wie ein Verdurstender in der glühenden Hitze der Wüste nach Wasser, … um ja nicht zu verenden … und was fand ich? Staubigen Dreck! … Hallo? … Hören Sie mich?«

Die Stille wirkt äußerst bestimmend und endgültig. Auch ich verstumme.

Ich stehe auf und gehe hinaus.

Arnim und Marcella

»Es tut mir Leid, wenn ich Sie damit behellige, ich möchte Sie wirklich nicht stören, aber Sie sind der einzige Mensch, der meinen … der Albert Friedberg so nahe gestanden hat!«

Marcellas Bitte verlangt ihr sehr viel ab. Lange hat sie überlegt, ob sie überhaupt anrufen soll. Ob es Sinn macht, mehr über das Leben des Vaters erfahren zu wollen. Letztendlich beschloss sie, dass sie ihn als Mensch besser kennenlernen will.

»Ich kann Ihr Anliegen sehr gut nachvollziehen, Frau Friedberg. An Ihrer Stelle würde ich wahrscheinlich genauso wie Sie handeln«, beruhigt Arnim die aufgebrachte junge Frau.

»Und entschuldigen Sie, dass ich anfangs ein wenig verhalten gewesen bin. Das liegt ausschließlich daran, dass ich einfach nicht von Ihrer Existenz wusste.«

»Er hat nie etwas über mich erzählt? Nie? Kein einziges Wort?«

»Nein!« Nur zögerlich gibt Arnim das zu; er weiß um Marcellas Enttäuschung.

»Ich hatte wirklich keine Ahnung.«

Eine unerklärliche Trauer wallt in Marcella auf. Mit einschneidender Schärfe legt sie sich um sie.

»Ich habe in seinem Leben also tatsächlich nie eine Rolle gespielt. Einfach ausgelöscht hat er mich!«

Leise haucht sie es in den Hörer.

»Wenn ich länger darüber nachdenke, ist es eigentlich typisch für Albert gewesen. In all den Jahren, die ich ihn kannte, hat er mir eigentlich nie etwas über seine Vergangenheit erzählt. Er mochte es nicht, über sich oder sein Leben zu sprechen. Das waren Themen, die ihm unbehaglich waren. Er hat ohnehin nie wirklich gerne gesprochen. Bestenfalls teilte er sich mit. Was ihn gerade so bewegte. Es waren meist Gedankenfetzen, minimalistische Gedankenstränge. Mit Hingabe sprach er nur über Böll. Den hat er bewundert wie keinen anderen. Er kannte jedes seiner Bücher in- und auswendig. Bölls geschriebene Worte waren für ihn antriebsam und lähmend zugleich. Ein Leben lang wollte er schreiben wie Böll und geißelte sich bis zur Schmerzgrenze, dass er dem hohen Anspruch nicht gerecht werden konnte. Was meiner Meinung nach völlig unsinnig war. Albert konnte mit Böll ungeniert mithalten. Aber das sah er einfach nicht so. Ständig hat er sich selbst erniedrigt, nur weil er glaubte, er könne nicht so schreiben wie Böll. Ganz gleichgültig, was ich ihm entgegenhielt, wie sehr ich ihn versuchte, vom Gegenteil zu überzeugen, er glaubte mir nicht. Weil er über sich selbst einfach zu schlecht dachte, um einen klaren, abgeklärten Blick auf seine Literatur werfen zu können. Grundsätzlich empfand er alles als schlecht, was er auch machte. Das lag ganz einfach daran, dass er sich selbst hasste wie kaum einen anderen. Darüber haben wir zwar nie explizit gesprochen, aber seine nebulösen Andeutungen ließen mich das sehr schnell erkennen. Davon aber mal abgesehen, sind jedoch nie großartige Gespräche zwischen uns entstanden. Er war einfach kein Freund des gesprochenen Wortes. Oftmals habe ich mich gefragt, wie solch ein Mensch, der die Sprache dermaßen verachtet, so traumhaft schön schreiben kann.«

»War er wirklich so gut?«

»O ja, er war mehr als das. Er war ein Virtuose, der Buchstaben so melodiös miteinander kombinierte, dass daraus wahre Kunststücke entstanden. Ich habe im Laufe meiner beruflichen Laufbahn als Literaturagent keinen anderen kennenlernen dürfen, der so begnadet geschrieben hat wie Albert. Bewundert habe ich ihn dafür. Und nicht nur ich. Er verstand es, mit Eleganz zu dichten. Jedem ach so banal klingenden Plot vermochte er Brillanz und Tiefsinn zu verleihen.«

»Aber zwischenmenschlich, da war er ganz anders.«

»Als Mensch, denke ich, fehlte es ihm an Verbundenheit

ans Leben. Er konnte mit der Realität nichts anfangen, deswegen reagierte er so atypisch. Was in unseren Augen oftmals als absurd und bösartig erschien, war nichts weiter als seine Unfähigkeit, sich ins Normale einfügen zu können. Er verstand das Leben nicht und hatte gleichzeitig schreckliche Angst, es zu verpassen. Nur selten lüftete er diesen schweren Schleier der Verzagtheit, der über ihm hing, und gewährte Einblick in diese Hilflosigkeit. Einmal, da sagte er mir, dass er Angst habe, die Zeit entgleite ihm, und er befürchte, sie würde sich auflösen wie ein Eiswürfel unter der glühenden Sonne. Deswegen schrieb er ununterbrochen, ohne auch nur eine einzige Minute seinen großen Erfolg genießen zu können. Der Erfolg war ihm ohnehin völlig gleichgültig. Mir schien, dass es ihm einzig darum ging, so viel wie möglich innerhalb kürzester Zeit niederzuschreiben, so als ob er dadurch sein Innerstes endlich von einer riesigen Last befreien könnte. Die Welt war ihm einfach zu eng. Im Jetzt zu leben, wurde täglich mühseliger. Und eine Zukunft, dessen war sich Albert stets bewusst, die würde sich ihm stets nur schmucklos darbieten. Also füllte er die Welt, die Gegenwart und Zukunft aus mit Wärme, Liebreiz und Empfindsamkeit, die sich ausschließlich aus den Tiefen seines Geistes speisten und mit empathischer Hingabe zu einer berührenden Geschichte geformt wurden.«

Wie gebannt hört Marcella, wie Arnim von einem Mann spricht, der ihr Vater gewesen sein soll.

»Aber er konnte auch so unheimlich verletzend sein, … so schrecklich …« Marcella hat Mühe, den Satz zu beenden.

»Ja, das war er zweifelsohne. Aber es ist nicht selten, dass Feingeister sich in Derbheiten verlieren. Was jedoch nicht bedeutet, dass sie wirklich grob und widerspenstig sind. Bei Albert jedenfalls war es nicht so. Er hat es mir nie mit Worten gezeigt, dass er anders ist, aber ich sah es oft in seinem Blick, wie viel Seele in ihm lag, wie sehr er litt, vor allem an sich selbst. Er machte zwar stets einen abgestumpften Eindruck. Einer, an dem das Leben

155

abprallte. So war er aber nicht. Ihm hat seine Vergangenheit schwer zu schaffen gemacht. Auch das, was er Ihnen angetan hat, ließ ihn nicht kalt, bei Weitem nicht. Nur ein einziges Mal, da zeigte er mir das auch.«

Arnim macht eine Pause.

»Da fragte er mich völlig zusammenhanglos: ›Ist es nicht ein Sakrileg, etwas aufzugeben, obwohl man es am liebsten fest gehalten hätte? Doch wie will man sich dagegen wehren, wenn man das Glück einfach nicht erträgt? Wenn Glück so schmerzt wie eine offene Wunde? Und ist es dann nicht gerechte Strafe, wenn man mit der Hölle der Unwiderruflichkeit leben muss?‹«

15.
So dumpf wie der einfältigste Goldfisch

»Du hast es einfach immer noch nicht begriffen, stimmt's?« Der kleine Mann sitzt auf einem Stein inmitten dieser abscheulichen Blumen- und Buchstabenszenerie. Hinter ihm steigen Wörter wie »Zweckmäßigkeiten«, »verwischt« und »Erhörung« auf.

Der kleine Mann hat auf mich gewartet. Und nicht nur er: Auch seine Fliege, die flattert aufgeregt auf und ab. Die haben mir gerade noch gefehlt, die beiden, denke ich. Wenn schon jemand auf mich wartet, dann wäre mir jeder andere lieber gewesen. Na ja, aber wer sollte schon auf mich warten wollen? Mir fällt niemand ein.

»Mir reicht dieser Zirkus hier«, sage ich ihm.

»Was gedenkst Du zu tun?«

»Kann ich überhaupt irgendetwas tun?«, raunze ich ihn an.

»Was könnte ich denn noch tun? Ich werde wahrscheinlich hier versauern!«

»Da haben wir es wieder: Dein resignatives Stänkern! Albert, Albert, dass selbst der Tod Dir nichts anhaben kann.«

Mit übertriebener Theatralik schüttelt er seinen Kopf. Von links nach rechts, die Augen halb verschlossen.

»Sie gehen mir auf den Sack, Sie Arschloch!«

»Ja, nur zu. Wenn Dir das hilft oder Du glaubst, Du kämst mit wilden Beschimpfungen weiter, dann lass sie raus. Ich höre sie mir an. Nicht gern, aber doch mit einer gewissen routinierten Distanz. Schließlich bist Du nicht der erste und wirst auch nicht der letzte sein. Nur hätte ich Dir mehr Scharfsinn zugesprochen, Albert.«

»Bin ich nie gewesen, scharfsinnig. Bin dumpfer als der einfältigste Goldfisch.«

Ich finde die Situation bereits jetzt unverhältnismäßig absurd und unerträglich, da brauche ich etwas Sarkasmus als Gegengewicht. Das half bislang immer.

»Was glaubst Du, warum Du hier bist? In der Abteilung F?«

Unberührt steht der kleine Mann da, zuppelt an seiner flattrigen Fliege und strahlt dabei noch immer diese unnahbare Gefasstheit eines Gefängniswärters aus.

»Na, warum wohl? Weil ich vielleicht Friedberg heiße? Mein Nachname mit F beginnt? Das wäre doch eine durchaus logische Schlussfolgerung, finden Sie nicht auch?«

In Wut ertrinkend, daran würde ich sterben, wenn ich nicht schon tot wäre. Zornig bin ich just in diesem Moment – komischerweise – über nichts Geringeres als über die Tatsache, dass ich das blöde Arschloch immer noch sieze, während er mich weiterhin schamlos duzt. Ja, ich weiß, dass es mir gerade jetzt völlig gleichgültig sein könnte. Ist es aber nicht.

»Ich wusste es, Albert, dass Du keinerlei Ahnung hast«, entgegnet er mit gespielter Langeweile.

»Sie kommen alle nicht darauf.«

Der kleine Mann seufzt. Allerdings sehr gekünstelt und inbrünstig. Seine abscheuliche Fliege folgt jedem seiner Atemzüge. Ich fürchte, dass sie abhebt, wenn er noch weiter so schnappartig aufstöhnt.

»Versuchen wir es mit einer Gegenfrage: Warum sahst Du hier auch Georg Trakl, Ernest Hemingway und Heinrich von Kleist? Fangen ihre Namen etwa auch mit einem F an? Und weshalb trafst Du hier nicht Deinen Vater oder Max, wo ihre Namen doch tatsächlich mit einem F beginnen?«

»Ich weiß es nicht und es ist mir auch scheißegal«, schreie ich mittlerweile ungehalten.

»Fangen wir mit Deinem Vater an; ihn findest Du ebenso wie Deine Mutter nicht hier an, weil sie in NT sind, dein Bruder hingegen in MSOR und Du eben mit den anderen in F.«

»Mit weiteren Kürzeln kommen wir keinen Schritt weiter«, stelle ich mit erstickter Wut fest.

»Dann reden wir jetzt mal über Deinen Heinrich Böll, den Du hier zu sehen geglaubt hast.«

»Ich glaube es nicht, ich sah ihn wirklich auf einer Bank sitzend!«

»Nein, so ist es eben nicht, Albert! Das ist nur das Abbild dessen, was Du gerne sehen würdest. Das sind die so genannten First Impressions.«

Anglizismen, das ist ja wunderbar!

»Was soll das denn schon wieder heißen?«

»Das, was den Menschen zu Lebzeiten am meisten bewegt, was ihn berührt hat, was er womöglich geliebt hat, das sieht er als erstes, wenn er sich hier einfindet. Allerdings ist das nur eine Momentaufnahme. Nichts real Greifbares. Und Du hast nun mal nichts und niemanden in Deinem Leben annähernd so aufrichtig und selbstlos geliebt wie Böll oder besser gesagt seine Literatur. Also war dies Dein erster Eindruck Deines neuen Lebens und schon vermittelte Dir Deine ganz individuelle First Impression ein wohliges Gefühl. Sie hat Dir das Ankommen erleichtert.«

Der kleine Mann holt nur kurz Luft, um weiter auszuholen.

»Denn Böll ist alles andere als ein Kandidat für F. Er ist

wie Deine Eltern in NT.«

Mir gehen die Abkürzungen zunehmend auf die Nerven.

»Hast Du ihn nicht gerade deswegen bewundert, Albert, weil er so anders war als Du. Weil er seine Literatur als Ventil benutzen konnte und nicht so wie Du nur als einziges Lebenselixier? Waren es nicht seine Stärke und Größe, die Dir imponierten? Also wie könnte er sich in F befinden?«

»Ja und ja und ja«, schreie ich hysterisch.

»Und jetzt sag mir endlich, was diese beschissenen Abkürzungen zu bedeuten haben?«

Der kleine Mann richtet seine Fliege. Ihre Flügel halten still. Ganz feierlich macht er das. Er erhebt sich von dem Stein und schaut mich an. Sein Blick, er ist mir ebenso schleierhaft wie die Buchstaben, deren Bedeutung sich mir einfach nicht erschließen wollen.

»Max ist in MSOR: Mörder und Selbstmörder ohne Reue. Deine Eltern haben sich ebenso wie Böll in NT wiedergefunden: im Bereich der natürlichen Tode. Trakl, Hemingway, Kleist und du seid in F: Freitod. Ein Platz, der allein Euch Selbstmördern zugedacht ist.«

*

Schmallippig hat er den letzten Satz aus sich herausge-presst. Die Stille um uns herum hallt lange in meinen Ohren nach. Wir stehen uns schweigsam gegenüber. Zwei Männer, so verstummt wie die Sonne, die ihre letzten Strahlen abwirft. Ich fühle mich, als stünde ich am Rand eines abschüssigen Berges, dessen Mund nur darauf wartet, mich einzusaugen, sobald ich mich auch nur einen Zentimeter bewege.

»Du musst der Wahrheit endlich ins Gesicht schauen, Albert! Nicht Dein Herz brachte Dich um, Du selbst warst es! Und solange Du das nicht einsiehst und bekennst, wirst Du hier tatsächlich versauern wie der einfältigste unter den Goldfischen!«

Richard und Alberts Vater

»Haben Sie schon gehört, dass Albert hier ist, Herr Friedberg? Ich wäre gerne zu ihm gegangen. Aber sie haben mich nicht zu ihm gelassen!«

»Das ist auch gut so, Richard. Ihr beiden habt schon früher für jede Menge Unruhe gesorgt. Das muss jetzt nicht auch hier wieder sein. Lass es also gut sein, Junge.«

Alberts Vater sagt das mit besorgter Miene. Er fürchtet tatsächlich, die zwei könnten erneut aufeinandertreffen und alles würde wieder von vorne beginnen.

»Nimm es mir bitte nicht übel, Richard. Du weißt, ich habe Dich immer sehr gemocht. Aber Dein früher Tod … ich glaub', der hat uns eine Menge Ärger erspart.«

Von der Taktlosigkeit des Vaters kaum beeindruckt, sie ist ihm schließlich nicht unbekannt, hängt Richard immer noch an dem Gedanken fest, Albert wiederzutreffen.

»Na ja, aber mein Tod hat ihm auch nicht sonderlich genutzt. Besonders glücklich ist er ohne mich nicht geworden. Vielleicht wäre ich dann doch die bessere Alternative gewesen!«

Richards Worte stimmen den Vater grüblerisch. Alberts Gesicht blitzt vor ihm auf.

»Ja, vielleicht hast Du recht … Wer weiß das schon, wie das Leben anders verlaufen wäre, wenn … Aber es ist müßig darüber nachzudenken. Nicht immer führt ein Weg zum gewünschten Ziel, das habe ich im Laufe der Jahre bitter erfahren müssen. Wie dem auch sei, ich wäre auch gern zu ihm gegangen. Aber ich durfte ebenso nicht wie Du. Um genauer zu sein, war es meine Frau, die es mir verbot. Sie wollte die erste sein, die er sehen sollte. Welch maßlose Selbstüberschätzung. Als ob sie Albert damit eine Freude hat machen können. Aber Du weißt ja selbst, wie sie ist. Wenn ich ihr das jedoch vor Augen geführt hätte … Ich hab ja schon früher nichts zu sagen gehabt … und hier noch viel weniger, … wobei weniger als nichts geht ja kaum.«

Richard erinnert sich noch genau an die Wetterverhält-
nisse von damals: Die Mutter verhielt sich stets wie ein
tosender Orkan, der mit vernichtender Kraft über das
Friedbergische Haus hinwegzog. Sie walzte alles nieder,
was ihr in die Quere kam. So verhalten sich Stürme nun
mal naturgemäß.

»Ich fürchte, dass Albert es auch hier nicht einfach
haben wird, so wie er es sich stets meist schwer gemacht
hat. Er war eben ein schwieriger Junge, schon immer
gewesen«, sagt der Vater nach einem kurzen Moment des
Schweigens.

Die Worte des Vaters sind behaftet mit Schmerz, Scham
und Melancholie.

»Das war er nicht! Er war der liebenswerteste Mensch,
den ich je habe kennenlernen dürfen«, widerspricht
Richard.

»Er war sensibel, feinfühlig und so warmherzig wie kaum
ein anderer.«

»Ja, vielleicht zu Dir, Richard. Aber daheim, da ... da ...«

Alberts Vater ringt nach passenden Begrifflichkeiten, die
den Sohn, zu dem er nie, wie zu all seinen anderen
Kindern, Zugang gefunden hatte, zu beschreiben.

»Sie waren nicht willens, in ihm das zu sehen, was er
wirklich war. Sie sahen nur den introvertierten, verschlossenen Jungen, der mehr durch Eigenwilligkeit und
Sondertum auf sich aufmerksam machte als durch seine
Einzigartigkeit. Und das meine ich ausschließlich positiv.
Albert war anders, ja! Manchmal sogar verschroben,
zweifelsohne! Aber haben Sie jemals einen ernsthaften
Versuch unternommen, hinter die Fassade zu blicken? Was
verbarg sich dahinter? Das wollten Sie nie wissen,
andernfalls hätten sie entdeckt, was für ein wundervoller
Mensch er war. Albert war ein Feingeist mit einer emp-
findsamen Seele, vor der er sich fürchtete und die er
schützte, weil er Sorge hatte, irgendwann an ihr zu zer-
brechen. ›Es tut so weh, Richard‹, hatte er mir mal gesagt.
Als ich von ihm wissen wollte, was ihm Schmerzen

verursachte, da sagte er nur: ›Einfach alles!‹«

Durchdringend bohrt sich Richards Blick in den des Vaters.

»Er war verzweifelt. Hilflos. In unendlicher Einsamkeit gefangen. In mir sah er eine Möglichkeit der Flucht aus alledem. Er hat mich geliebt. Und ich habe ihn geliebt, Herr Friedberg. Gerade weil er so war, wie er war. Weil er anders war. Und glauben Sie mir, wenn es eine Sache gibt, die ich zutiefst bereue, dann ist es, dass ich ihm das nie gesagt habe, obwohl ich wusste, dass er sich genau danach gesehnt hat. Aber wie so oft im Leben lässt man sich nur allzu gern von den Bequemlichkeiten aufgedrückter Moralvorstellungen leiten. Albert hingegen hätte den Schneid besessen, sich gegen all das aufzulehnen. Ich aber nicht und so stieß ich ihn von mir – so wie alle anderen auch.«

14.
Der bezwingende Moment unabänderlicher Erstarrung oder die Widerspenstigkeit gewöhnlicher Butter

Die fahlen Strahlen der Sonne bezwingen nur schwer das Dickicht der Gräue, das sich in meiner Küche angestaut hat wie ein nebulöses Traumgebilde. Kurz bleibe ich an der Tür stehen und beobachte, wie trübe und kraftlos der Tag sich aus der Nacht schält. Mein Magen brummt. Wie profan sich auf einmal ganz gewöhnlicher Hunger anhört. Um so drückender wiegt der Hunger, der meinen Körper enthäutet. Unüberhörbar giert auch er danach, gestillt zu werden. Ich beschließe ersterem nachzugeben. Für den Moment jedenfalls. Wie ferngesteuert gehe ich zum Kühlschrank und hole Butter, Käse, Marmelade heraus, breite alles mechanisch auf dem Tisch aus. Mein Blick fällt auf die vielen Krümel auf den Boden. Die Putzfrau hat mal wieder nachlässig geputzt. Ich ärgere mich über sie. Ja, auch heute. Bestimmte Dinge verlieren eben, ungeachtet ihrer irdischen Nichtigkeit, auch angesichts von Bedeutendem, nicht an banaler Wichtigkeit. Wie hieß sie nochmal, die Putzfrau? Mir will es nicht einfallen. Martha oder so ähnlich. Immerhin verschwende ich nicht mehr Zeit mit der Namensfindung.

Schlürfenden Schrittes gehe ich zur Kaffeemaschine. Sie sieht verwahrlost aus, sofern handelsübliche Kaffeemaschinen überhaupt verwahrlosen können. Bezieht sich Verwahrlosung eigentlich nicht ausschließlich auf sozial bedingten Verfall? Eine Kaffeemaschine kann demnach nicht verwahrlosen. Ganz eindeutig nicht. Sie ist bestenfalls im Sinnbildlichen verwahrlost. Martha hat sie seit Wochen nicht mehr sauber gemacht. Und ich auch nicht. Doch mir fällt auf, dass sie mehr als nur verschmutzt ist. Lustlos und wie verloren steht sie auf dem Schrank und wartet darauf – in gewisser Weise schwerfällig, gar devot –, mit Wasser aufgefüllt zu werden. Sie stößt mich ab, die Kaffeemaschine in ihrer resignativen Haltung. Mit einer Mischung aus Widerwillen und Abneigung, weswegen ich mich über mich selbst wundere, dass ich überhaupt solche Gefühle für eine gewöhnliche Kaffeemaschine aufbringen kann, gieße ich Wasser in sie hinein. Mit derselben Aversion lege ich Filterpapier ein, fülle das Kaffeepulver auf und schalte sie an. Augenblicklich setzt sich die Maschine mit dem altvertrauten Geräusch in Gang. Stolpernd zwar, aber sie gehorcht auf Knopfdruck. Bliebe ihr denn etwas anderes übrig? Sie könnte streiken, den Geist aufgeben. Sicher! Doch was würde ihr daraufhin blühen? Der Rauswurf aus der Küche geradewegs in den Schlund irgendeines stinkenden Abfalleimers inmitten irgendwelcher unappetitlicher Reste. Denn ich trenne keinen Müll. Da mache ich auch bei Elektromüll keine Ausnahme.

Wie das heiße Wasser durch den Filter fließt, sich mit dem Pulver vermischt und gurgelnd in die Kanne läuft, war bislang ein sanfter Ton, der dem Tag den Anstoß zur üblichen Routine gab und sich in meinen Ohren zu einem wohlklingenden Klang vermischte. Doch heute mag ich kaum hinhören. Vor allem die letzten, gepressten Geräusche, unmittelbar vor dem finalen Ausguss, sind nahezu unerträglich. Es erschallt überlaut wie ein verzweifeltes Ringen nach Luft. Wie ein anstößiges Röcheln, das mich zunehmend nervös macht. Erleichtert knipse ich die Maschine aus, als sie ihren letzten, beklommenen Laut ausstößt.

Müde schlürfe ich zum Schrank, hole mir eine Tasse, die letzte, die anderen stehen schon seit Tagen ungespült im überfüllten Becken, gehe damit zur Kaffeemaschine, gieße mir etwas ein und kehre zurück zum Tisch. Der Kaffeeduft verursacht mir Übelkeit. Widerwillig nippe ich dennoch daran. Es gelingt mir lediglich, einen einzigen Schluck der schwarzen Brühe, sie riecht tatsächlich nach überwürzter Bouillon, hinunterzuwürgen. Mehr geht nicht.

»Dafür der ganze Scheiß-Aufwand?«, sage ich.

Aber seit wann gibt es eine zufriedenstellende Antwort auf die Frage, ob Aufwand und tatsächlicher Nutzen sich wirklich lohnend aufwiegen? Eine dumme Frage, ich weiß.

Schlapp bin ich. Sie ist regelrecht zum Anfassen, diese Mattigkeit, oder sollte ich besser entkräftende Zerschlagenheit sagen? In jedem einzelnen Knochen spüre ich sie. Durch jede Faser meines schlaffen Körpers atmet sie. Wie lange habe ich schon nicht mehr geschlafen? Ich kann die Nächte nicht mehr zählen, in denen mir die Augenlider so schwer wurden, dass sie festgepresst aufeinander fielen. Doch hinter der Dunkelheit der verschlossenen Lider fand ich nicht mehr als erdrückende Finsternis. Wieso dann also die Augen schließen, wenn sich mir doch ohnehin nichts anderes darbietet als mit geöffneten Augen. So verbrachte ich die Nächte meist durchwachend, auf meinem Bett sitzend, die Düsternis beobachtend, die nur schleppend dem Tag wich.

Schlaff lasse ich mich auf dem unbequemen Stuhl nieder, im Übrigen dem einzigen, den ich besitze, und fange an, mir halbherzig ein Brot zu schmieren. Die Butter ist hart. Sie bleibt in vielen großen und kleinen Klumpen auf der blassgrauen Scheibe liegen. Ein unästhetischer Anblick, der mir selbst, wenn ich Hunger gehabt hätte, den Appetit verdorben hätte. Dennoch, und darin zeigt sich, wie sehr der Mensch den Gesetzmäßigkeiten der Routine unterjocht ist, bemühe ich mich, der Butter Herr zu werden. Ich schmiere mit einer mir unbegreiflich übertriebenen Vehemenz, so als ob es der Widerspenstigkeit der Butter zu strotzen gelte. Doch sie lässt sich einfach nicht glatt streichen. Generell nicht, weil sie gerade frisch aus dem Kühlschrank gekommen ist und insbesondere nicht, weil ich mich so ungeschickt und lieblos dabei anstelle, dass selbst der streichzarteste Fettaufstrich mir seine Geschmeidigkeit verweigert. Es ist eine Zurückweisung, die mich keineswegs brüskiert. Sie ist mir noch nicht einmal fremd, sondern vertraut, weil sie mir nahezu täglich und überall begegnet. Wieso sollte da handelsübliche Butter eine Ausnahme machen? Ich habe nichts anderes erwartet.

Unvorhergesehen sind hingegen die Zeit und Gedanken, die ich damit vergeude. Was interessiert mich gerade heute all dies?, frage ich mich. Lustlos schiebe ich den Teller mit dem aschfahlen Brot zur Seite.

Grün. Es sticht mir sofort ins Auge. Obwohl sie die ganze Zeit auf dem Tisch lag, bemerke ich sie jetzt erst. Gestern Abend hatte ich die Packung hierhin gelegt. Das fällt mir nun wieder ein. Grasgrün mit dunklen olivfarbenen Schattierungen, dieses nicht gerade anlockende Design, wie konnte es mir erst jetzt wieder ins Bewusstsein dringen? Geschickte Ausblendung des Gehirns.

Nun zieht es meine ganze Aufmerksamkeit auf sich: dieser kleine Karton, direkt neben dem Brot, auf dem sich die Butter mittlerweile anschmiegsamer zeigt. Seine vermeintliche Unscheinbarkeit hat sich nun ins Gegenteil verkehrt: die unangenehm hässliche anmutende Nuancierung des grellen Grüns drängt sich mir indes regelrecht auf. Hatte bislang nicht gewusst, dass Pappe magnetisierende Kräfte besitzt. So kann man sich täuschen!

Mich jedenfalls nimmt es gefangen, das kleine Ding, das in mir sogar den Anflug von Emotionen auszulösen scheint. Ja, es ist tatsächlich so: Zweifelsohne lässt sich hier eine Kausalität zwischen Anblick der Packung und dem darauffolgenden Grummeln im Magen feststellen. Es wird mir heiß und kalt zugleich. Das Herz beginnt zu rasen. Und ich müsste mich schon sehr täuschen, wenn ich behaupten würde, dass der grüne Karton nicht auch einen gewissen Hauch von Erleichterung zu Tage bringen würde.

Ich schließe die Augen. Will diese seltene Augenblicke der Ruhe festhalten. Sie auskosten. Milde schmiegt er sich an mich, diese Rarität eines vergänglichen Moment des Glücks. Nur zu schade, dass die Flüchtigkeit gleichzeitig auch immer Schnelllebigkeit impliziert. Der Moment hält kaum länger an als zwei, maximal drei Atemzüge.

Ich öffne die Augen. Mein Blick fällt unweigerlich auf die Packung. Ich hole mehrmals tief Luft. Wie kehlig können Seufzer klingen, wenn sie herausgepresst werden aus den Tiefen eines ausgedörrten Körpers?

Zittrig, meine Hände sind es seit jeher, greife ich zur Packung. Sie knistert unter meinen Fingern. Ich umklammere sie fest. Während ich mit der linken Hand Wasser ins Glas gieße. Glucksend plätschert es leichtfüßig hinein. Die Packung fühlt sich leicht und geschmeidig an. Ich umklammere sie fest und ausdauernd, bis ich sie auspacke. Perlweiße Kügelchen der Erlösung. Sie glänzen. Wie viel Hoffnung kann sich darin verbergen?

»Wie viele werden es wohl sein?«, frage ich mich halblaut. Meine Stimme, sie versagt. Bricht sich an der Lautlosigkeit des Morgens.

Ich weiß es nicht und will sie auch nicht zählen. Was nutzen mir Zahlen, frage ich mich. Nichts!

Müde ringt sich meinem Mund ein Lächeln ab. Es fiel

mir in letzter Zeit nicht mehr so leicht, die Mundwinkel zu bewegen. Aber heute morgen geht es doch ein wenig leichter.

Bedächtig löse ich die kleinen Kügelchen aus deren Ummantlung. Eins nach dem anderen, bis die Packung leer ist. Die kleinen Kügelchen auf dem Tisch – ein beruhigender Anblick. Wie ein Billardspiel.

Mit meinen Fingern bewege ich sie hin und her. Spiele mit ihnen. Ein Spiel, das mir ebenso wenig Spaß macht wie der angegraute Morgen mir Lust auf weitere Morgen macht. Wo ist es hin, das Begehren nach Mehr. Wobei es längst nicht mehr um *mehr* ging, sondern nur noch um ein bescheidenes Weiter. Doch selbst dazu reicht das Begehren nicht mehr.

Ich spiele mit den Kügelchen. Weiße, kleine Hoffnungsträger. Hoffnung? Auf was? Eine Frage, die ich, kaum ist sie aufgeblitzt, verdränge. Wo kämen wir hin, wenn selbst die Hoffnung auf Hoffnung versiege wie ein dürrer Brunnen.

Hin und her rollend bewege ich sie von einer Ecke des Tisches in die nächste. Müde beobachten meine Augen das sinnlose Treiben auf dem Tisch. Wenn Erschöpfung auf die Erkenntnis der Aussichtslosigkeit stößt, dann ist das eine geballte Ladung explosiver Resignation, die sich wie eine scharfe Waffe gegen einen richtet.

Die Kügelchen. Sie rollen wie von alleine und doch ist es mein von Arthrose gezeichneter Finger, der sie weiter fortschiebt. Wie unästhetisch er mir just in diesem irrwitzigen Moment vorkommt. Buckliger, zittriger Finger. Ich bewege ihn rückwärts zu mir hin bis zur Tischkante und nehme dann erst den Daumen zur Hilfe. Daumen und Zeigefinger umklammern eine der kleinen Kugeln – zittrig zwar, doch halten sie die Kugel mit fester Entschlossenheit fest. Langsam bahnen sie sich den Weg zu meinem ausgetrockneten Mund, der jede einzelne Kugel in sich aufsaugt wie ein gieriger Saugnapf. Ich spüle mit Wasser nach. Fahl und abgestanden schmeckt es. So wie in letzter

Zeit alles fad und abgestanden schmeckt.

Ich schlucke die Kugeln, bis sich der Tisch zur Hälfte lichtet. Die Lautlosigkeit des Morgens weicht einer angenehmen tauben Ruhe. Die Empfindungen des Körpers haben sich abgeschaltet. Ich spüre das Nichts. Wie viel Nichts doch in einen ausgewachsenen Körper passt. Es legt sich wie ein zart duftendes Fluidum um die Haut. Der pochende Schmerz, wo ist er hin? Erst jetzt merke ich, dass ich selbst diesen nicht mehr merke.

Sitzend auf dem Stuhl, dem einzigen, warte ich. Es ist das angenehmste Warten seit langer Zeit. Weil so viel erwartungsvolle Hoffnung aufs Neue darin steckt. Ich erwarte, hoffe, sehne herbei. Wann habe ich zuletzt all diese mir längst vergessenen Emotionen in mir aufkommen spüren? Habe ich sie jemals? Geschweige allesamt und gleichzeitig in solch einer Präsenz? Wohltuende Überladung von exaltierten Gefühlen. Ich gebe mich ihnen hin. Zehn, zwanzig Minuten lang.

Die Uhr tickt im Hintergrund. Laut und aufdringlich.

Tick.

Tick.

Tick.

Tick.

Ich genieße den Moment der stillen Taubheit. Die Zeiger drehen sich längst nicht mehr im Takt.

Tick.

Tick.

Tick.

Die Konturen der Uhr verschwimmen, fließen ineinander über. Taumelnd stehe ich auf, greife dabei zur Kaffeetasse und schwanke zum Kühlschrank. Mit bleierner Schwere hebe ich den Arm hoch, um nach der Packung Milch zu greifen. Was für eine dumme Übersprunghandlung, denke ich noch. Was geht mich die Scheiß-Milch noch an?

Daraufhin wird es unvermittelt still, so schaurig still wie in einer endlos langen Nacht im antarktischen Ozean. Und ich mittendrin, verloren zwischen beklemmend engen Bergeinschnitten und gigantisch dunklen Eisfelsen. Umgeben von einer trostlosen Weite, die nur durchsetzt wird von einem gespenstisch anmutenden Wind. Geräuschlos und doch deutlich vernehmbar bläst er durch die finsteren Schächte eines unwiderruflich langen Augenblicks. Es ist ein bezwingender Moment unabänderlicher Erstarrung.

*

Ich weine.

Wobei das maßlos untertrieben ist. Ja, das kann ich auch. Reißende Bäche stürzen sich über meine Augenwände in die Tiefe. Fühlt sich so der Seelenschmerz an, von dem mir so viele berichtet haben? Ein brennender Stich, der mich die ganze Zeit begleitet hat, während ich durch das Labyrinth meiner letzten Vergangenheit wanderte? Und der immer noch da ist? Die Erinnerungen, die meiner Regie längst entglitten sind, ziehen immerzu mit brachialer Gewalt an mir vorbei. Ich sehe mich da liegen: mein schmächtiger Körper schutzlos, einsam, armselig. Und jede einzelne Minute meines Lebens erscheint mir auf einmal mit dem Brandeisen der Trostlosigkeit und Leere gezeichnet. Es ist ein Rausch aus Verzagtheit und Traurigkeit, aus Bitterkeit und Verdruss.

Ich weine, lange und ausdauernd, und gerate irgendwann in einen Zustand abgeschlaffter Erschöpfung. Versinke in wortlose Verlorenheit. Aber was gäbe es schließlich noch zu sagen?

Also was bleibt mir weiter übrig, als zu weinen? Ich presse ihn heraus mit jeder einzelnen, den Schmerz der Erkenntnis. Jeden Stolzes beraubt, weine ich und wundere mich nur darüber, wie viel Flüssigkeit aus meinem ausgedörrten Leib hinausfließen kann. Es ist ein endloses sich Ausleeren, das mich in matter Fahrigkeit zurücklässt.

17.
Der lautlose Fluss ungesagter Worte

»Schau nicht so betrübt, Albert«.

Der kleine Mann ist, ohne dass ich es gemerkt habe, nahezu geräuschlos an mich gerückt. Seine Hand liegt leicht auf meinen Schultern. Sie wiegt kaum mehr als eine Feder. Ich störe mich nicht an der Enge. Jetzt mal gerade nicht. Seine Fliege schweigt.

»Danach geht es allen so, zumindest denen, die das Geschehene ins Bewusstsein zulassen.«

Das Bewusstsein!

Psychologen-Jargon war mir zeitlebens zuwider. Nun ist er mir völlig gleichgültig.

Gesenkten Hauptes sitze ich neben dem kleinen Mann auf einem ausladenden großen, warmen Stein. Er ist von der Sonne dermaßen aufgeheizt, dass es unter meinem Hintern brennt. Ein schmerzender Hintern! Mit allem habe ich nun gerechnet, damit allerdings am allerwenigsten.

Wenn wir schon das Bewusstsein thematisieren, beschließe ich, dann kann ich auch darüber reden, was mir just in diesem Moment tatsächlich bewusst geworden ist und dass mir diese unerwartet aufwallende Erkenntnis so gänzlich gegen den Strich geht:

»Ich habe mich nach Eintracht gesehnt, ein Leben lang, und Disharmonie gesät. Stimmt's?«, frage ich betonungsarm.

Mein Hintern juckt. Wie kann es sein, dass ein paar Sonnenstrahlen so viel ausrichten können?

»Ja, so ungefähr kann man das auf den Punkt bringen, Albert.«

Mein Hintern brennt.

»Ich war ein Arschloch, nicht wahr?«

Der Hintern glüht.

»Ich würde sicher andere Wörter bemühen, um Dich als Person zu beschreiben. Arschloch klingt so ordinär, wenngleich diese Charakterisierung, das gebe ich freimütig zu, das eine oder andere Mal sicherlich zugetroffen hätte.«

Ein mildes Lächeln huscht über seine Lippen.

Ich fasse mir an den Hintern. Halte ihn mit beiden Händen fest. Den Schmerz lindert das nicht. Übersprunghandlung nennt man so etwas wohl.

»Ich habe solche Angst auf einmal«, entfährt es mir.

»Eine Scheiß Angst! Immerzu habe ich hier Angst. Das kannte ich vorher nicht.«

Der kleine Mann setzt sich wieder auf den Stein. Er scheint kein Schmerzempfinden zu haben. Vielleicht werden Hintern hier nach einiger Zeit resistent dagegen?

»Ach Albert, was redest du denn wieder da? Du hast stets Angst gehabt. Immer schon. Eigentlich vor allem: vor der Liebe, vor der Verantwortung, vor dem Sein, vor den Menschen. Kurzum: vor dem Leben im Allgemeinen. Und was war deine Konsequenz daraus? Du hast Dich verbarrikadiert. Wurde es Dir zu viel mit der Angst, bist Du geflohen. Bist einfach gegangen, ohne Rücksicht auf Verluste. Also rede Dir jetzt nicht weiter ein, Du hättest erst hier angefangen, Dich zu fürchten! Du hast Dich verlaufen in einem Labyrinth aus schlichter Angst, insbesondere aber auch aus Angst vor der Angst! So war es, Albert. Nicht zuletzt hast Du Dich auch deswegen befreien wollen aus einem Leben, vor dem Du Dich fürchtetest wie ein Kind vor dem Anbruch der Dunkelheit und das für Dich so eng wurde wie das einschnürende Korsett einer realitätsübermächtigen Wahrheit.«

Ein schweres Schweigen plätschert nun stumm vor unseren Füße daher. Wir reden nicht mehr und dennoch stehen Gespräche zwischen uns, die durchdringender nicht sein könnten. Ich schaue dem lautlosen Fluss ungesagter Worte nach, wie es dahinfließt und in einem klaren Tümpel nicht hörbarer Akkorde mündet, die sich lieblich um meine Ohren legen.

»Es gab keinen anderen Ausweg!«, hauche ich nach einer Weile in die Stille hinein.

»Es gibt ihn auch jetzt nicht.«

Nachdenklich betrachte ich den glasklaren Tümpel, in denen ich unzählige Szenerien beobachte: Ich sehe Mutter, wie sie sich auf den Weg macht inmitten der Blumen- und Buchstabenlandschaft, die sich mir zu Beginn darbot. Beschwingt geht sie den langen Pfad entlang, an dessen Ende sich ein hochaufgeschwungenes Tor befindet. Sie scheint besorgt. Um mich, um Max. Ihr Leben – eine einzige Sorge, wirklich Freude haben wir Kinder ihr kaum gemacht. Gibt es eine unwiderrufliche und unheilbare Veranlagung zum Trübsinn?

Im Tümpel erkenne ich auch Vater als jungen Mann. Das schwarze Haar glatt gekämmt und mit Pomade ein-gerieben. Er lächelt. Nüchtern. Früher wirkte sein Lächeln auf mich versponnen, gar einfältig. Jetzt nehme ich stattdessen erstmals die Sanftmut und Milde darin wahr. Ich sehe auch das greifbare Gefühl des sich Abge-fundenhabens mit einem Leben, das nicht vereinbar ist mit seinen ureigensten Wünschen und dennoch stoisch ohne Klagen weitergeführt wird. Ist der Weg tatsächlich das Ziel?

Ich schweife mit meinem Blick von Vater ab und bleibe an Adeles Bildnis haften. Sie steht in unserer Küche mit Marcella im Arm. Behutsam hält sie unsere kleine Tochter, während sie das Essen für mich zubereitet. Welch vergeudete Energie, denke ich. Ich verschmähte alles, was sie machte. Ganz gleichgültig, wie sie sich auch bemühte. Sie konnte es mir einfach nicht recht machen: Das Essen war zu fad, im Bett war sie mir zu still, außerhalb zu laut. Ich provozierte sie auf Schritt und Tritt, machte mich fortwährend über ihre mangelnde Schulausbildung lustig, beschimpfte sie aufs Übelste. Und was tat sie? Eines Tages machte sie es mir nach, weil sie sich nicht mehr anders zu helfen wusste. Irgendwann fing sie an wie ich zu reden: »Scheiße, Arschloch, Wichser!« Diese Wörter hörte sie schließlich täglich aus meinem Munde, so dass sie auch für sie zur Normalität wurden. Und ich sah nur noch ihre Hasstiraden und übersah dabei völlig all die Liebeserklärungen, die sie mir zuvor gemacht hatte und für die ich nie richtig empfänglich gewesen war. Ohne zu verstehen, dass ihre Beleidigungen nichts anderes waren als Ausdruck ihrer Hilflosigkeit ebenso wie ihre Kaufsucht. Was blieb ihr schließlich anderes übrig als das Loch, das ich täglich in ihr grub, mit Klamotten zu stopfen?

Arnim sitzt vor einem Stapel Manuskripten. Seine Augen rot unterlaufen vom vielen Lesen. Wann habe ich ihm jemals gedankt? Habe ich gewürdigt, was er für mich getan hat? Dass er mir als einziger eine Chance gab, als keiner an mich glauben wollte? Und als der Erfolg kam, wann fand ich je ein Wort des Lobes für ihn?

Max und Richard, sie stehen nebeneinander. Handlungsarm. Mich in erwartungsvoller Haltung anschauend. Ja, euch habe ich geliebt. Vielleicht! Vielleicht auch nur rückblickend aus der verklärten Distanz heraus. Wären sie nicht so früh gestorben, hätte ich nicht auch in ihnen bald die Banalität eines gewöhnlichen Menschenlebens entdeckt?

Ich wende mich ab von dem Tümpel, aus dem die Geschichten mittlerweile mit einer brennenden Schlagkraft heraussprudeln. Lasse sie hinter mir verhallen. Bis ich sie nicht mehr höre.

Ich schaue den kleinen Mann an. Der Hintern brennt nicht. Nicht mehr. Immerhin das. Seine Fliege bewegungslos.

»Ich kann verstehen, dass sie mich alle gehasst haben. Einen wie mich hätte ich auch verabscheut.«

18.
Last Impressions!

Die Blumen, sie haben ihre Aufdringlichkeit verloren und an Farbvolumen gewonnen. Was so eine neue Tintenpatrone alles ausmacht! Die Blüten schimmern in den intensivsten Nuancen: in leuchtendem Gelb, hervorstechendem Rot, sattem Blau, starkem Grün, markantem Orange. Eine bunte Vielfalt wohlriechender Sinneseindrücke. Aus ihnen fließen Sätze, die zwar immer noch keinen rechten Sinn ergeben wollen, dennoch so wohl klingen wie der geschmeidige Rhythmus eines argentinischen Tangos.

»In Eintracht steigt der Glanz der Lichter, dessen Schönheit ewig verfließt mit den Gedanken der flüssigen Strömungen.«

»Anmut gewinnt in gemeinsamer Selbstlosigkeit, die sich aufschwingt zu gewaltigen Fanfaren.«

»Liebe entsteigt aus des Berges Grazie. Sie dampft und nebelt; umschlingt wenn sie trübt bis der Schein sich aufwiegt in goldenem Gewande.«

Nichts von alledem verstehe ich. Dennoch erhält jedes Wort das Gewicht vollen Begreifens. Immer lieblichere Phrasen ranken empor an dem kräftigen Blau des Himmels und fügen sich zusammen zu einem erfrischenden Lesevergnügen. Dabei gehe ich weiter den langen Pfad entlang, der Sonne entgegen.

In der Ferne sehe ich sie, sie stehen überall verstreut, Menschen, die in versunkener Vertrautheit miteinander plaudern. Ihr Stimmengewirr ist wie ein melodiöses Gesumme, das mich durch den Garten hindurch begleitet. Kafka ist im Gespräch. Ich kann nicht erkennen, mit wem. Hemingway plaudert angeregt mit einer bildschönen, fein gekleideten Dame. Kleist flaniert an der Seite eines noch hübscheren Jünglings. Nur Georg Trakl verharrt weiterhin in Einsamkeit, allerdings mit einem milderen Gesichtsausdruck. Ein warmer Wind weht mir ins Gesicht.

Ich schließe für einen kurzen Moment die Augen und sehe das Meer vor mir, das so ungeduldig zuckt wie ein angespannter Muskel.

Langsamen Schrittes schreite ich vorwärts, bin geblendet von den letzten intensiven Strahlen, die der Tag abwirft, um in Kürze in Dunkelheit zu versinken. Die Gegenwart wogt und dampft. Überall: Gerüche, Geräusche, Gefühle, die zum Greifen nah sind. Ich strecke meine Arme nach ihnen aus: nach dem Duft der Rosen, der sich geschmeidig um meine Nase legt, nach den pastellfarbenen Tönen, die aus den Mündern der Umherstehenden entweichen und die sich zart an meine Ohren schmiegen, nach der kühlen Sanftheit, die mein Gesicht mild umspielt.

Auf dem engen Pfad kommt mir ein Mann entgegen. Ich erkenne nur seine Konturen. Auch er bewegt sich nur gemächlich vorwärts. In der Mitte des Weges muss einer Platz machen, denke ich. Für beide ist es zu eng. Ich blinzle, sehe sein Gesicht jedoch immer noch nicht deutlich. Ein älterer Herr um die 70, schätze ich. Wir gehen aufeinander zu. Groß gewachsen ist er. Unmittelbar vor mir bleibt er stehen.

»Du eilst in die falsche Richtung, Albert, da hinten geht es lang.« Seine tiefe sonore Stimme ummantelt mich. »Komm, lass uns los, sie warten schon.«

Ich mache mir nichts mehr vor.

»Es drückt sich darin lediglich ein Bedürfnis aus, mein Bedürfnis, keine Realität, Albert!«, ermahne ich mich.

Nichtsdestoweniger büßt diese irreale Erscheinung nichts von seiner überwältigenden Gewaltigkeit ein: Heinrich Böll, wie er vor mir steht und spricht. Seine Worte, mit tiefer Stimme vorgetragen, schlagen ein in mein versengtes Gehirn. Sie setzen sich wie ein gefräßiger Wurm in meinem Kopf fest und ich zögere keine Minute, um kehrt zu machen und ihm widerstandslos zu folgen.

Last Impressions!

Ich wusste gar nicht, dass es auch sie gibt. Aber wie hätte ich das auch wissen sollen? Bin schließlich zum ersten Mal tot. Beschwingt mache ich mich auf den Weg mit ihm und wundere mich, dass ich mich noch sie so lebendig gefühlt habe wie jetzt als Verstorbener.

- Ende -

www.ingramcontent.com/pod-product-compliance
Lightning Source LLC
Chambersburg PA
CBHW021103130626
46554CB00002B/510